Sur les données éthiques de M. Spencer

Malcolm Guthrie

Writat

Cette édition parue en 2023

ISBN : 9789358810059

Publié par
Writat
email : info@writat.com

Contenu

PRÉFACE.

Ce volume complète l'examen critique du système philosophique de M. Spencer déjà poursuivi à travers deux volumes précédents intitulés respectivement « Sur la formule d'évolution de M. Spencer » et « Sur l'unification de la connaissance de M. Spencer ». L'ensemble de la tâche a été entrepris par un étudiant à l'usage des étudiants. Il ne peut pas être d'une grande utilité pour le lecteur général, car il suppose et exige en fait une connaissance très approfondie des œuvres de M. Spencer. Pour ceux qui ne souhaitent pas entrer dans un examen détaillé, le chapitre I de « L'Unification des connaissances » offrira peut-être un bon résumé de la ligne critique ; et cela peut être suivi, si vous le souhaitez, par une lecture de la « Formule de l'Évolution ». On pense que la critique la plus sérieuse contre le système de M. Spencer se trouvera dans l'examen de sa biologie reconstructive au chapitre V de "l'Unification", et dans l'examen de l'origine des molécules organiques commençant à la page 30 de la "Formule d'Évolution". Evidemment de la plus haute importance dans un système de philosophie conçu de la manière dont M. Spencer le présente, ce point de transition entre l'inorganique et l'organique avec ses histoires dépendantes est du plus profond intérêt fondamental, et sur la question de savoir s'il est bien ou mal traité dépend de la valeur pratique de sa philosophie appliquée aux préoccupations humaines.

À notre avis, tout ce qui a de la valeur dans les œuvres de M. Spencer (et il y en a beaucoup) tire sa valeur de fondements *a posteriori* et non de sa dépendance *a priori* à l'égard de principes premiers, ni de sa place dans un système déductif de valeurs cosmiques. philosophie. Il ne nous incombe pas, et notre objectif n'est pas non plus, d'évaluer la valeur séparée ou accessoire des œuvres de M. Spencer. Notre vision s'est limitée au seul objet de les examiner sous la manière dont il les présente, comme formant un système de philosophie connecté. Nous l'avons fait parce qu'il nous présente ses œuvres sous cet angle, et évidemment, si elles pouvaient être ainsi acceptées, ce serait un cadeau de la plus haute valeur pour l'humanité, car cela donnerait du poids à tout passé et conférerait une direction à tous les âges futurs, formant un couronnement des réalisations intellectuelles de la race humaine.

C'est donc sur ce point que nous abordons notre examen, et dans un esprit non hostile ; car le but que M. Spencer avait en vue en était un qui faisait appel à tous les sentiments et à toutes les aspirations intellectuelles en nous. Mais nous devons dire à quel point nous avons été déçus. Nous avons découvert que l'objet de notre admiration ressemble au dieu du rêve de

Nabuchodonosor, une chose apparemment parfaite et de configuration complète, mais semblable à une image composée de fer, d'argile et de pierres précieuses qui tombe inévitablement en morceaux sous la pression de critiques soutenues.

La conception philosophique de M. Spencer était en effet imposante, et devant ses proportions magnifiques, beaucoup se sont inclinés avec un respect sincère. Mais son schéma cosmique, après un examen attentif, s'est avéré être construit à partir de termes qui n'avaient pas de signification fixe et définie, qui n'étaient en fait que des symboles de conceptions symboliques, des conceptions elles-mêmes symboliques parce qu'elles n'étaient pas comprises - et dès que nous avons commencé à les utiliser comme ayant des valeurs définies, ils nous ont immédiatement plongés dans des contradictions alternatives ! Alors, pour réaliser l'évolution cosmique, qui est un processus de changement objectif imperceptible, ce qui était nécessaire, c'était d'adopter un système de changements de mots imperceptibles, de sorte que les changements de mots imperceptibles accompagnant les changements objectifs imperceptibles nous conduisent finalement aux résultats complets. , et le processus d'évolution devrait ainsi être rendu compréhensible ! De cette manière, au cours d'une œuvre énorme, nous avons été habilement guidés par un maître du langage jusqu'à ce que nous nous retrouvions en imagination suivant mentalement les processus réels de l'univers. Mais après tout, cela n'a été qu'un processus, dans notre propre esprit, de substitution habile de mots !

Pour réussir, les erreurs doivent être grandes et audacieuses. Les erreurs de raisonnement sont détectées à une échelle moyenne, mais lorsqu'elles sont « au sens large », il est difficile de les détecter. Les séries de syllogismes sont parfois plus efficaces parce qu'elles sont vastes que parce qu'elles sont vraies. Qu'ils soient imposants dans leur langage et grands dans leurs proportions, on s'incline naturellement devant le pouvoir, même s'il n'est que pouvoir de grandeur. Face aux raisonnements de M. Spencer, nous ressentons une certaine crainte, comme si nous étions en contradiction avec les forces de l'univers – apparemment alliées à lui. Nous sommes conscients de l'impertinence de traiter de sujets aussi importants, traités avec une telle ampleur, avec un mépris de la précision et de la cohérence. Les transformations et évolutions du raisonnement dans les œuvres de M. Spencer ne sont pas moins merveilleuses que son traitement des mots. L'esprit est emporté par un flux indiscernable mais puissant, et parfois après de mystérieuses disparitions de séquences entre des volumes ou des chapitres, nous nous retrouvons atterris d'une manière satisfaite mais déconcertée sur une conclusion sur laquelle nous ne pouvons que nous demander quelle que soit la manière dont nous y sommes arrivés.

Par des termes tels que équilibration, y compris la théorie de l'équilibre mobile ; par des termes tels que polarité plastique et coercitive ; et par des similitudes plausibles entre les modes de processus, nous sommes trompés en supposant que nous comprenons les progrès constructifs de la nature et que nous nous sentons heureux et fiers de nos connaissances. Une grande satisfaction personnelle accompagne l'étudiant qui croit avoir raison de comprendre l'univers. Nous sommes satisfaits de notre professeur et sommes encore plus satisfaits de nous-mêmes.

Mais la véritable difficulté apparaît lorsque la nécessité d'une exposition se fait sentir. Si l'on entreprend d'expliquer, si l'on doit condenser et solidifier dans le but d'enseigner, si l'on veut faire comprendre et partager les connaissances acquises, alors commencent effectivement nos difficultés. Ce qui semblait si grandiose et si séduisant à regarder ne résistera pas au traitement ordinaire du langage scientifique et des énoncés logiques entre hommes. L'illusion disparaît, le système a disparu. Dans ces remarques, nous parlons uniquement du système cosmique de M. Spencer. Nous n'exprimons aucune opinion sur la valeur générale de cet ouvrage en tant que philosophe. Aux yeux des penseurs compétents, c'est très grand. Fiske, Youmans, Carveth Read, Ribot, Maudsley, Clifford, Sully, Grant Allen, Gopinay et d'autres travaillent tous sur des lignes spenceriennes, mais nous ne comprenons pas qu'ils acceptent l'explication cosmique de M. Spencer. Il ne marque pas l'âge de l'accomplissement complet mais l'âge de la transition. Il n'a pas compris la solution des problèmes, mais il a montré la direction des études futures. Il a échoué dans sa grande entreprise, mais il a montré vers quoi viser et a montré la voie. Une grande partie de son travail détaillé a été bonne et efficace, et c'est pourquoi on éprouve un certain scrupule à écrire à son sujet avec autant de sévérité. Néanmoins, un homme d'une telle éminence ne doit pas être considéré comme sacré par la critique, mais au contraire, juste en raison de son éminence et de l'influence qui en résulte, son œuvre doit être soigneusement examinée avant d'être acceptée et approuvée. C'est la tâche que nous nous sommes fixée et que l'on peut désormais considérer comme achevée. Nous avons abordé l'étude sans aucune a priori et nous nous sommes efforcés, tout en étant très stricts, d'être parfaitement justes et honnêtes dans nos présentations des théories de M. Spencer. Naturellement, le travail a été long et fastidieux, et là où tant d'expressions d'opinions contradictoires et indistinctes sont données, il a fallu recourir en grande partie à des citations. Cela a été fait en justice à la fois envers nous-mêmes et envers notre auteur. Si nous avons réussi à dégager les grandes lignes de pensée à l'usage futur des étudiants, nous aurons atteint notre objectif. Ce n'est que par une réflexion et une discussion très strictes que la vérité apparaît finalement.

Il faut ajouter quelques mots sur les implications téléologiques qu'un critique *de Westminster* a découvertes dans nos travaux antérieurs et qu'il a considéré comme viciant l'ensemble de son raisonnement. Le sujet de la téléologie est un sujet très intéressant et déroutant, et ne manquera pas de recevoir une attention particulière de la part de celui qui étudie la nature. Il faut beaucoup réfléchir à ce que l'on entend par ce terme. Il peut y avoir une téléologie naturelle en dehors d'une téléologie surnaturelle. Nous n'avons pas encore nous-mêmes de conceptions très claires sur ce point, mais nous sommes actuellement engagés dans l'étude de la question. L'intention et le dessein sont illustrés dans les actions humaines, les moyens pour parvenir à une fin sont adoptés par de nombreux animaux ; la théorie de « l'équilibre mobile » et la théorie de « l'heureux accident » semblent toutes deux inadéquates pour rendre compte de l'origine de la téléologie naturelle ou même de toutes les variations des espèces ; et l'étude des développements biologiques nous suggère la présence et l'activité d'un facteur subjectif lié aux facteurs physiques par une loi quelconque à laquelle peut être due l'origine de certaines des variations biologiques. La théorie de M. Spencer selon laquelle les variations biologiques sont des forces internes générées par des forces externes, et agissant ainsi comme contrepoids à une force ennemie, ou en harmonie avec une force favorable, ayant pour objet la protection ou le maintien de l'organisme, est une théorie tout à fait différente de l'hypothèse agnostique de « l'heureux accident » de l'école naturaliste. Cela implique l'origine des variations biologiques en tant que moyen adapté à des fins de préservation de l'organisme ou de l'espèce, et si cela ne s'avère pas réalisable sur l'hypothèse de l'équilibre physique, une certaine extension de la théorie est nécessaire pour rendre compte de l'origine des variations biologiques dans lesquelles des implications téléologiques sont impliquées, même si cette théorie peut être véritablement naturaliste et en parfaite harmonie avec un développement ordonné du mode d'évolution. Si l'on ne peut pas présumer à l'origine des choses un esprit téléologique anthropomorphique, une téléologie apparaît néanmoins impliquée dans les développements biologiques et nécessite une explication naturaliste.

M. Lionel Dauriac [1] demande comment il se fait que, tout en acceptant la théorie de l'évolution, nous écrivions un livre de 476 pages contre son plus illustre représentant, et nous demande d'expliquer notre acceptation de la doctrine dans son ensemble. Il est tout à fait vrai, comme il le déclare, que nous répudions une explication matérialiste, et c'est pour cette raison que nous nous joignons à M. Spencer, dans la mesure où, malgré la répudiation formelle de M. Spencer, toutes les formules d'explication sur lesquelles il les tentatives de reconstruction de l'univers sont matérialistes. Les facteurs de la chimie et les lois de la physique, ainsi que les lois de l'équilibre et de la polarité, sont tous de caractère purement matérialiste. A l'aide de ces seuls facteurs et de ces lois, nous ne pensons pas qu'il soit possible de comprendre et d'expliquer l'histoire de l'évolution cosmique. Acceptons-nous alors une évolution spirituelle à laquelle le matérialisme a été entièrement subordonné ? Non. Nous ne comprenons pas les opérations du subjectif en dehors de l'organisme matériel. Il nous semble qu'il existe des facteurs matériels et des facteurs subjectifs, et ce qu'il s'agit de connaître, c'est la loi de leur corrélation. Quand nous disons que nous acceptons l'évolution, nous voulons dire que nous acceptons la théorie d'un progrès ordonné d'un état de simplicité indéfinie et incohérente à un état de complexité cohérente définie. Nous discernons deux ensembles ou types de facteurs, le matérialiste et le subjectif, mais nous sommes incapables de les comprendre suffisamment, ainsi que leurs lois de corrélation, pour établir une formule d'interaction de nature à expliquer le développement ordonné que nous reconnaissons.

C'est une difficulté qui n'a pas été négligée par M. Spencer. Il y échapperait de deux manières. D'abord par un mysticisme par lequel, après que le sens défini qu'il a donné à ses termes s'est révélé inefficace dans son travail réel, il transforme tous ses termes fondamentaux en « conceptions symboliques ». Pourquoi? Parce qu'ils n'ont aucun sens ; et si vous leur donnez un sens, les conclusions qui en découlent plongent l'étudiant dans des contradictions irréconciliables. Hors de ce mysticisme, aucun progrès n'est possible. Deuxièmement, au moyen de la théorie du « double aspect ». Selon cette théorie, tout est à la fois matériel et subjectif, tel que vous choisissez de le considérer, et peut être expliqué et pris en compte dans les lois des relations entre l'un ou l'autre ensemble de facteurs. Il est vrai que les phénomènes peuvent être ainsi décrits, mais il n'est pas vrai qu'ils puissent être ainsi expliqués. Il existe une concomitance incontestable entre l'acte corporel et le sentiment conscient, mais la vraie question est la suivante : le sentiment conscient dépend-il entièrement de la série physique d'événements et n'a-t-il lui-même aucun effet sur la série physique ? Est-il produit sans produire ? Est-ce quelque chose qui se produit en relation avec certains mouvements des nerfs de l'organisme et qui, par conséquent, dépend et est entièrement produit par les facteurs physiques dans leurs relations réciproques, selon les lois chimiques et physiques connues des facteurs ? S'il est ainsi déterminé et ne s'inscrit pas dans une chaîne de causalité, on ne peut pas dire qu'il interfère avec l'explication matérialiste. Cela est complet en soi. La seule question qui reste est la suivante : Comment se fait-il que certaines parties de la série physique des phénomènes aient cet étrange accompagnement de conscience ? Une question très intéressante mais relativement sans importance. La théorie selon laquelle les phénomènes ont deux faces n'est d'aucune utilité dans l'effort visant à énoncer une formule cosmique d'explication. Le résultat de nos études est qu'il existe à la fois des facteurs physiques et des facteurs subjectifs produits et producteurs. Nous visons à énoncer leur loi de corrélation, et en cela nous chercherions la formule cosmique. Mais nous le cherchons en vain et nous ne croyons pas possible de l'atteindre. En attendant, nous considérons le développement du facteur subjectif dans la vie, et plus particulièrement dans la vie humaine, comme un fait du plus grand intérêt, d'autant plus que nous discernons dans ce développement un progrès ordonné et bien marqué ; et il est de notre devoir de comprendre les lois de ce développement ordonné. Cette étude doit être entreprise parallèlement à l'étude de l'évolution matérielle ; et même si nous ne comprenons peut-être pas complètement notre problème, il y a beaucoup de choses que nous pouvons comprendre et beaucoup de choses qui peuvent rendre nos vues larges et sympathiques et notre esprit ouvert pour résoudre les grandes questions qui nous sont posées.

L'étude de l'éthique du point de vue évolutionniste suppose une phase tout à fait différente des anciennes méthodes d'enquête et repose sur une base tout à fait différente. Le fondement de son autorité semble reposer sur la nature même de l'humanité et ne lui vient pas comme une loi imposée. La confiance est d'abord ébranlée puis pleinement restaurée. D'un nouveau point de vue, on voit le mérite de tous les systèmes précédents et comment ils s'harmonisent tous d'une manière merveilleuse dans le consensus du soutien mutuel et appliquent la loi éthique par une autorité unie.

Le principal mérite des « Données d'éthique » de M. Spencer est qu'il place l'étude sur une base entièrement nouvelle en la greffant sur l'étude de la science plus vaste qu'est la biologie. Jusqu'à présent, l'étude a été isolée et censée être complète à l'intérieur de ses propres frontières. Désormais, aucun professeur ou étudiant ne sera considéré comme compétent pour exprimer des opinions sans être bien ancré dans l'étude de l'évolution biologique et psychologique. L'éthique, tout comme la sociologie, doit être étudiée dans le cadre d'un mouvement plus large.

NOTE DE BAS DE PAGE:

[1] « Revue Philosophique », décembre 1883.

CHAPITRE I.
ÉTHIQUE ET UNIFICATION DES SAVOIRS.
LA VISION PHILOSOPHIQUE.

Problème toujours très complexe, l'étude de l'éthique, dans les travaux de M. Spencer, devient à certains égards encore plus complexe à cause de la nécessité qu'il a de l'affilier d'une manière ou d'une autre au processus cosmique. Considérant toute connaissance comme susceptible d'unification comme un système de causalité, de sorte que lorsque les relations entre les facteurs originaux sont comprises, toutes les histoires ne sont que des corollaires de ces vérités ultimes, M. Spencer se sent obligé, en premier lieu, de montrer que chaque science particulière trouve sa place dans le schéma logique. Par conséquent, l'une des idées principales qui imprègnent les « Données de l'éthique » est cette vision de l'éthique comme interprétable uniquement par une connaissance adéquate du processus cosmique dans lequel elle constitue un élément.

En effet, la proposition est posée dès le départ que les parties ne peuvent être correctement comprises qu'à travers la connaissance des touts dont elles font partie. [2] Sur ce, M. Spencer raisonne que puisque l'éthique traite d'une conduite intentionnelle, ce genre de conduite ne peut être compris qu'à travers une connaissance scientifique de la conduite en général, qui fait encore partie de l'étude de l'action en général, nous amenant immédiatement au processus cosmique dont dépend donc la compréhension de notre sujet particulier.

Cette relation philosophique de l'éthique avec le processus cosmique est mentionnée dans la préface comme étant, en fait, l'objet principal que M. Spencer avait en vue dans sa série élaborée de volumes, et elle est énoncée plus explicitement au chapitre IV. de l'ouvrage en question, dans lequel M. Spencer considérant « Les manières de juger la conduite », justifie la voie qu'il suit ainsi. Il est souligné ici que dans les systèmes de tous les auteurs précédents, l'idée de causalité a été insuffisamment reconnue ou a même été totalement ignorée - une affirmation qui est dès lors justifiée par une revue des écoles de morale théologique, politique, intuitive et utilitaire. philosophes. M. Spencer continue ensuite (¶ 22) « Ainsi donc est justifiée l'allégation formulée au début, selon laquelle, quels que soient leurs caractères distinctifs et leurs tendances particulières, toutes les méthodes éthiques actuelles ont un défaut général : elles négligent la causalité ultime. Bien entendu, je ne veux pas dire qu'ils ignorent totalement les conséquences naturelles des actions, mais je veux dire qu'ils ne les reconnaissent qu'accessoirement. Ils n'érigent pas en méthode la détermination des relations nécessaires entre les causes et les effets, ni la déduction de règles de conduite à partir de déclarations formulées à leur sujet.

« Toute science commence par accumuler des observations, et ensuite les généralise empiriquement ; mais ce n'est que lorsqu'elle atteint le stade où ses généralisations empiriques sont incluses dans une généralisation rationnelle qu'elle devient une science développée. L'astronomie a déjà traversé ses étapes successives ; d'abord, les collections des faits, puis des inductions à partir de ceux-ci, et enfin des interprétations déductives de ceux-ci, comme corollaires d'un principe universel d'action parmi les masses dans l'espace. Les récits de structures et les tabulations de strates, groupées et comparées, ont conduit progressivement à l'attribution de diverses classes de faits. changements géologiques aux actions ignées et aqueuses ; et il est maintenant tacitement admis que la géologie devient une science proprement dite, seulement aussi vite que de tels changements sont expliqués en termes de processus naturels qui se sont produits dans le refroidissement et la solidification de la Terre, exposée à la chaleur du Soleil. et l'action de la Lune sur son océan. La science de la vie a été et présente encore une série d'étapes similaires ; l'évolution des formes organiques dans leur ensemble est liée aux actions physiques en cours depuis le début ; et les phénomènes vitaux que présente chaque organisme commencent à être compris comme des ensembles connectés de changements, dans des parties formées de matières qui sont affectées par certaines forces et désengagent d'autres forces. Il en va de même pour l'esprit. Les premières idées concernant la pensée et le sentiment ignoraient tout, comme la cause, sauf en reconnaissant les effets de l'habitude qui étaient imposés à l'attention des hommes et exprimés dans les proverbes ; mais il existe de plus en plus d'interprétations de la pensée et du sentiment comme corrélats des actions et des réactions d'une structure nerveuse, qui est influencée par des changements extérieurs et qui agit dans le corps sur des changements adaptés, l'implication étant que la psychologie devient une science, aussi vite que ces relations des phénomènes sont expliqués comme des conséquences de principes ultimes. La sociologie elle aussi, représentée jusqu'à une époque récente uniquement par des idées éparses sur l'organisation sociale, dispersées dans les masses de ragots sans valeur que nous fournissent les historiens, est en train d'être reconnue par certains comme aussi une science ; et les esquisses qui en sont apparues de temps à autre sous la forme de généralisations empiriques commencent maintenant à prendre le caractère de généralisations rendues cohérentes par la dérivation de causes inhérentes à la nature humaine placées dans des conditions données. Il est donc clair que *l'éthique, qui est une science traitant de la conduite des êtres humains associés*, considérée sous l'un de ses aspects, doit subir une transformation semblable et, actuellement sous-développée, ne peut être considérée comme une science développée que lorsqu'elle a subi cette transformation. transformation.

"Une préparation aux sciences les plus simples est supposée. L'éthique a un aspect physique, puisqu'elle traite des activités humaines qui, comme toutes les dépenses d'énergie, sont conformes à la loi de la persistance de l'énergie ; les principes moraux doivent se conformer à nécessités physiques. Elle a un aspect biologique, puisqu'elle concerne certains effets, intérieurs et extérieurs, individuels et sociaux, des changements vitaux qui se produisent dans le type d'animal le plus élevé. Elle a un aspect psychologique, car son objet est un agrégat de des actions provoquées par les sentiments et guidées par l'intelligence, et cela a un aspect sociologique, car ces actions, certaines d'entre elles directement, et toutes indirectement, affectent les êtres associés.

"Quelle implication ? Appartenant sous un aspect à chacune de ces sciences - physique, biologique, psychologique, sociologique - elle ne peut trouver ses interprétations ultimes que dans les vérités fondamentales qui leur sont communes à toutes. Nous avons déjà conclu d'une manière générale La manière dont la conduite en général, y compris la conduite dont traite l'éthique, ne doit être pleinement comprise que comme un aspect de la vie en évolution ; et nous sommes maintenant amenés à cette conclusion d'une manière plus particulière.

« Ici donc, nous devons aborder la considération des phénomènes moraux en tant que phénomènes d'évolution ; étant obligés de le faire en constatant qu'ils font partie de l'ensemble des phénomènes que l'évolution a produits. Si l'univers visible tout entier a été évolué - si le système solaire dans son ensemble, la terre en tant que partie de celui-ci, la vie en général qu'elle porte, ainsi que celle de chaque organisme individuel - si les phénomènes mentaux manifestés par toutes les créatures, jusqu'aux plus hautes, dans commun avec les phénomènes présentés par les agrégats de ces créatures les plus élevées – si tous se conforment aux lois de l'évolution ; alors l'implication nécessaire est que les phénomènes de conduite de ces créatures les plus élevées qui concernent la moralité, sont également conformes. » [3]

Dans ce passage, M. Spencer propose la moralité ou l'éthique comme un sujet d'étude scientifique, qui ne peut être compris ou expliqué comme faisant partie de la conduite générale que lorsqu'il est capable d'une explication déductive à partir de causes antérieures. La distinction reconnue entre une conduite dite morale et une conduite considérée comme immorale ne peut être comprise que lorsque, après un survol historique des actions humaines et des actions des organismes en général, on en perçoit non seulement les causes immédiatement antérieures, mais, en remontant derrière elles, reconnaître la nécessité ultime de leur apparition dans la nature même de l'univers. Cela révèle les caractéristiques particulières de la méthode de M. Spencer dans le traitement de son sujet, par opposition à celle suivie par M. Leslie Stephen dans sa « Science de l'éthique », une distinction que nous pouvons commodément marquer en les appelant respectivement la méthode philosophique et la méthode scientifique. méthodes. Nous utilisons le premier terme dans le sens qui lui est attribué dans la définition donnée par M. Spencer dans « Premiers principes ». [4]

Une philosophie est complète lorsque l'esprit a été capable de se forger une telle appréciation des relations et des conditions des facteurs à une période suffisamment éloignée pour antidater une grande complexité, ce qui nous permettra de dresser par déduction une histoire de développements qui peut correspondre à l'histoire réelle des séquences dans l'univers concret. Si cette évaluation d'un cosmos lointain caractérisé par une relative simplicité admet néanmoins l'existence de nombreux facteurs dont les différences ne sont pas prises en compte, la philosophie est jusqu'à présent formellement incomplète : mais comme la détermination de ces points dépasse les pouvoirs de la raison humaine, la philosophie peut à juste titre être considérée comme pratiquement complète si elle unifie de ce point de vue toutes les connaissances avec lesquelles l'esprit humain est familier. Si nous sommes capables d'inclure toutes les sciences dans un tout cohérent, nous ne pouvons plus rien attendre de la philosophie – au-delà se trouve le domaine de la spéculation et de l'Inconnaissable.

Le champ des sciences n'est pas si ambitieux. Leur objectif se limite à un champ beaucoup plus restreint. Ils cherchent simplement à déterminer les lois qui sous-tendent des classes particulières de phénomènes. Ils reconnaissent la causalité et leurs inductions sont valables dans la mesure des classes de faits exprimées dans une loi particulière. Mais chaque science ou classe de faits est étudiée individuellement et séparément, même si les progrès des études révèlent toujours la dépendance mutuelle des diverses sciences.

Il est très évident qu'il doit y avoir de grandes imperfections dans notre système de connaissances aussi longtemps qu'il reste de grands espaces entre les sciences. Mais c'est là une condition naturelle du progrès de la pensée. D'un autre côté, un système philosophique complet tel que celui mentionné ci-dessus et auquel vise M. Spencer, jetterait un flot de lumière sur chaque département particulier si la relation mutuelle de tous les problèmes pouvait être déduite des relations vérifiées des facteurs originaux. . Mais il est également clair que si nous pensons avoir formulé une telle philosophie sans y avoir réellement réussi, ou en tout cas sans avoir réussi à la faire comprendre ou à accepter, alors la prétendue philosophie devient un élément de confusion dans l'exposé de la philosophie. un problème scientifique. Dans l'ouvrage en question, la tentative philosophique est très regrettable, car elle gâche l'exposé d'un traitement scientifique, surpassant toutes les expositions précédentes, car elle obscurcit la clarté de l'argumentation et entrave la force de son application pratique.

Tel est notre jugement sur les « Données d'éthique » de M. Spencer. Il contient à la fois un excellent traitement scientifique du sujet et une faible tentative de l'associer à une philosophie impuissante. C'est à l'aspect philosophique ou cosmique de l'ouvrage que nous nous limiterons dans le présent chapitre, afin que nous soyons désormais libres de consacrer notre attention au traitement scientifique plus solide des questions en cause qu'il présente.

Les étudiants des volumes précédents de M. Spencer auront observé que, bien qu'il pose le problème de l'évolution comme un problème déductif, il a néanmoins considéré l'évolution sous un aspect différent dans la résolution de chaque problème spécifique. Il est donc très remarquable que, tout au long de ses exposés biologiques, psychologiques et sociologiques, M. Spencer ait considéré l'établissement du fait de l'évolution par l'accumulation de changements insensibles comme équivalent à une affiliation réelle des sciences à la théorie de l'évolution, totalement indépendamment de sa propre exigence rigide selon laquelle ces changements devraient être expliqués et pris en compte par les déductions générales de l'évolution cosmique. L'histoire des organismes, par exemple, présente un développement progressif et est donc censée se conformer à la définition de l'évolution dans son ensemble. Mais si ces changements ne sont pas intellectuellement discernés comme le résultat de conditions antérieures et ne peuvent être attribués aux relations des facteurs ultimes reconnus par la philosophie, alors l'affiliation de la science à l'évolution en général n'est pas établie. Bien que la forme et l'exposition extérieure soient présentes, la connexion organique n'est pas exposée. Mais c'est une caractéristique du mode d'exposition de M. Spencer que lorsque la seconde échoue, la première prend sa place. Le développement graduel de la conduite est donc une évolution de la conduite, mais c'est une évolution dont nous voulons une explication. Nous le cherchons dans la biologie, mais nous constatons que la biologie est aussi un accroissement graduel de changements insensibles dont nous cherchons en vain une explication.

L'effet de cette manière de présenter l'évolution ou l'unification des connaissances est renforcé par la manière apparemment systématique de son exposition. Il apparaît que le développement est universellement caractérisé par le progrès sous trois formes : d'un état simple, indéfini et incohérent à un état complexe, défini et cohérent ; et par la merveilleuse étendue qu'offre l'univers, à la fois dans le temps et dans l'espace, pour le développement historique présentant ces traits, submerge l'esprit d'un sentiment d'universalité de l'évolution, en dépit du fait que le point même de la question passe toujours à côté en l'absence de toute explication. Nous reconnaissons le développement graduel, mais où est la connexion déductive ? Où est le système promis de corollaires des facteurs originaux qui rendront compte du développement historique ?

Ainsi, lorsque dans les "Données éthiques" nous trouvons une référence à la biologie, à la psychologie et à la sociologie comme parties d'un système philosophique établi, nous sommes enclins à supposer que les vues sur l'éthique exprimées par M. Spencer tirent leur autorité d'une appréhension antérieure du processus cosmique ; alors que ce n'est pas vraiment le cas : et bien qu'il soit essentiel à l'étude que l'éthique soit considérée comme dépendante des sciences nommées, une telle connexion n'est cependant pas montrée comme étant d'ordre logique ; On nous dit seulement que l'Éthique présente des traits similaires dans son ordre de développement.

Mais en plus de cette imposition des sciences à la philosophie au moyen de similitudes générales de l'histoire, l'étudiant découvrira que quelle que soit la justification déductive interne exposée, elle est mal conçue dans l'évaluation des facteurs originaux - Matière, Mouvement et Force - termes auquel aucune conception précise ne peut être attachée. Et si quelqu'un était assez téméraire pour leur attacher des significations précises qui rendraient leur utilisation logique possible, alors le processus déductif qui devrait être entrepris pour en faire des corollaires correspondant à des histoires concrètes le conduirait très vite à la confusion. S'il se limitait encore une fois aux facteurs chimiques précis existant dans les nébuleuses primordiales, alors sa tentative déductive l'amènerait au gouffre infranchissable du début de la vie. Et, en outre, s'il importe le facteur de sensibilité dans quelques agrégats chimiques simples, et s'il est capable d'établir un développement graduel de l'esprit en corrélation avec des changements graduels de l'organisme physique, alors encore en l'absence de toute connaissance quant au relations entre les deux, il se trouverait incapable de mettre en œuvre le processus déductif et échouerait dans le système d' explications *à priori* qu'exige la philosophie. Car la philosophie, selon M. Spencer, exige un processus déductif commençant par la compréhension des relations existant entre les facteurs de l'univers à un stade particulier, lequel processus déductif doit être une contrepartie des histoires réelles de l'univers.

De telles explications déductives, M. Spencer tente — principalement en biologie — la plus importante quant aux résultats et la plus mal motivée de tous ses travaux. Elle s'essaye d'abord d'une manière très concrète, par une considération des propriétés des substances chimiques qui forment la base des organismes, et des propriétés des agents environnants : lumière, chaleur, air, eau, etc. En relation avec celles-ci, sont appliquées les lois de la mécanique, telles que le mouvement dans la direction de la moindre résistance, etc., et par leur intermédiaire sont finalement censés avoir évolué des organismes qui ont, d'une manière ou d'une autre, un concomitant de conscience qui n'est néanmoins pas un facteur. dans toute action d'un organisme. Mais dans une telle histoire, il s'avère nécessaire d'admettre la genèse, la reproduction et l'hérédité, et celles-ci, puisqu'elles ne peuvent être expliquées, sont acceptées sans explication.

Il est vrai que la Polarité est appelée à aider l'effort, mais c'est une polarité qui est le serviteur obéissant de l'auteur, et qui fait ce qui lui est demandé, premièrement en étant suffisamment réceptive aux conditions changées pour s'adapter en conséquence à elles, et encore une fois, en étant si rigide dans sa forme acquise qu'il contraint les molécules à une construction définie. Il est tour à tour si souple et si fixe qu'il permet, main dans la main, de permettre à l'auteur d'escalader les plus hauts sommets de la biologie. Il est également vrai que l'équilibration est invoquée : mais alors tout changement dans le monde organique et inorganique se révèle être une équilibration, de sorte que le mot devient vide de sens.

Une étude plus spéciale doit être accordée à la théorie de l'équilibre mobile de M. Spencer avec laquelle il identifie l'existence d'un organisme et au moyen duquel il est censé combler le gouffre qui le sépare de l'inorganique. L'idée est issue d'une réflexion sur la toupie, le système solaire et la machine à vapeur, surtout si cette dernière est auto-alimentée ! Ce sont des équilibres en mouvement, et si leurs mouvements sont perturbés par un objet extérieur, ils génèreront des forces opposées à l'environnement. Cette conception purement mécanique est ensuite transformée en une forme abstraite par la substitution de l'idée de *forces liées* , comme constituant un équilibre mobile, et s'avère correspondre à la conception abstraite d'un organisme, de sorte que le système solaire et l'organisme peuvent tous deux être identifiés comme des équilibres mobiles. Ensuite, en caractérisant vaguement le comportement du système solaire dans sa relation avec son environnement, réel ou hypothétique, comme consistant en des changements dus aux lois d'un équilibre en mouvement, M. Spencer cherche à montrer que les adaptations d'un organisme en réponse à Les conditions extérieures modifiées sont également dues aux mêmes lois, de sorte que les organismes et leurs histoires sont censés être explicables ou expliqués à la fois dans leur origine et dans leur développement de la même manière que les équilibres mouvants du monde physique. Nous sommes alors censés comprendre à la fois pourquoi les organismes génèrent des forces pour contrebalancer les forces extérieures hostiles, et pourquoi ils génèrent des forces (adaptations) pour sécuriser et absorber les forces de l'environnement (nourriture) favorables à leur existence continue. C'est seulement ce que font tous les équilibres en mouvement. Nous avons longuement discuté de cette théorie biologique ailleurs [5] et nous sommes ensuite arrivés à la conclusion qu'elle n'était qu'une parodie d'une explication rationnelle. Nous avons également constaté que les faits de la Genèse et de la loi de l'hérédité étaient totalement inexplicables au moyen d'une étude de la physique ou au moyen d'une étude de la nature et des lois de l'équilibre mobile. De sorte que, dans l'ensemble, nous avons trouvé que les principales exigences d'une explication philosophique des faits biologiques étaient très loin d'être respectées.

Dans le cadre du système déductif qu'exige notre philosophie, nous devons maintenant considérer l'origine et le développement des actions intentionnelles - le sujet, à savoir, de notre présente étude qui doit nous conduire à l'étude ultime de l'éthique proprement dite.

Reprenant l'examen du problème au point où nous nous sommes arrêtés dans notre référence aux explications de la biologie, nous devons d'abord revoir les arguments qui expliqueraient l'origine des actions intentionnelles dans la nature et les lois de l'équilibre en mouvement. Car si les actions des organismes sont ainsi explicables, les actions intentionnelles ou la conduite intentionnelle des organismes doivent l'être aussi, et M. Spencer lui-même les inclut expressément dans la définition biologique. Et en effet, il est douteux que le « but » ne soit pas secrètement introduit dans la définition même de la vie comme « l'adaptation continue des relations intérieures aux relations extérieures ».

La question est très intéressante et nous amène immédiatement aux confins obscurs des mondes organique et inorganique. Comment, par exemple, d'après les lois de l'équilibre mobile, dérivées de l'étude du système solaire, pouvons-nous considérer les mouvements d'un infusoire ? "Un infusorium nage au hasard, déterminé dans sa course non pas par un objet perçu comme étant poursuivi ou échappé, mais, apparemment, par des stimuli variables dans son milieu; et ses actes non ajustés de manière appréciable aux fins, le conduisent maintenant en contact avec quelque substance nutritive qu'elle absorbe, et maintenant dans le voisinage de quelque créature par laquelle elle est avalée et digérée... La conduite est constituée d'actions si peu ajustées aux fins, que la vie ne dure qu'aussi longtemps que les accidents du milieu sont favorables." [6]

C'est l'un des passages de transition de M. Spencer. L'infusoire est un équilibre mobile. Par conséquent, il réorganise ses forces pour son auto-préservation en opposition aux forces hostiles de l'environnement et en harmonie avec les forces favorables de l'environnement. Le réglage spécial qu'il affiche est le mouvement. Mais il ne s'agit pas d'un mouvement communiqué d'une description mécanique, comme le coup de pied donné à un ballon de football. Apparemment, nous ne devons pas non plus considérer ses mouvements comme étant dus à une série de mouvements mécaniques des molécules de l'environnement. L'action de l'environnement s'exprime comme étant un stimulus. Cela signifie-t-il une action chimique ? Ou fait-il référence à l'action de la chaleur et de la lumière ? Si tel est le cas, cela signifie que les attractions et répulsions des atomes et les mouvements de l'éther et des molécules expliquent les mouvements de l'infusorium. Il n'y a certainement aucun « but » dans une telle théorie. Mais alors la question se pose : comment pouvons-nous appliquer la théorie de l'équilibre mobile à un tel assemblage d'atomes ainsi sollicité pour expliquer le fait que l'assemblage d'atomes s'efforce de prolonger son existence par la défense et l'absorption ou par l'absorption seulement ? Si l'on dit qu'il ne le fait pas et que ses mouvements n'ont pas d'objet alimentaire, mais sont simplement l'effet d'une action chimique et mécanique, alors ce n'est pas un animal manifestant la vie, dans la mesure où il n'adapte pas ses moyens à une fin. — motions vers la fin de la subsistance. Si on le considère comme un équilibre mobile dans ce sens, il s'agit d'un équilibre de même nature que le système solaire, et non de celui que l'on appelle les animaux. Néanmoins, M. Spencer le considère comme une démonstration de la vie, pourtant très peu adaptée aux fins ; mais encore une fois, il considère ses actions comme déterminées par des stimuli extérieurs, sans toutefois en expliquer le sens.

Si nous devons considérer les mouvements de l'infusoire comme une manifestation de la vie, ce doit être en les considérant comme des adaptations des relations internes aux relations externes – les relations externes étant la nourriture ; mais si ses actions sont simplement déterminées chimiquement et mécaniquement, alors sa conduite n'est pas adaptée ni équilibrée par rapport à l'action d'aucune relation extérieure, mais en est la conséquence soumise. Mais si sa conduite est entièrement déterminée par les relations extérieures, nous semblons tomber dans un paradoxe. La seule échappatoire réside dans la conclusion évidente que la définition de la vie avancée par M. Spencer implique toujours une adaptation, un ajustement ou une action ayant un double objet défini en vue de la subsistance et de l'autoprotection employée contre les forces hostiles de l'*environnement*. Les adaptations de la vie visent toujours à accomplir le but de l'auto-préservation, soit par l'obtention de nourriture, soit par la défense contre les ennemis - l'auto-préservation d'abord et ensuite la continuation de la race. Par conséquent, si nous considérons les mouvements des infusoires comme inclus dans la définition de la vie, nous devons les considérer comme ayant en vue la subsistance des créatures. Ce sont des actes adaptés aux fins. Doivent-ils alors être considérés comme des actions intentionnelles ? Les adaptations de la vie semblent se distinguer des changements provoqués par des forces extérieures sur un équilibre physique en mouvement, à savoir qu'elles agissent vers une fin définie et entrent donc dans la classe des actions intentionnelles. Nous ne pouvons pas faire plus qu'indiquer la difficulté. Si nous disons que ces actions ne sont pas intentionnelles, nous admettons qu'il peut y avoir une adaptation intentionnelle des moyens aux fins par la chimie et la mécanique. Si nous disons que la chimie et la mécanique font cela, alors nous devons réviser notre sens de la chimie et de la mécanique, et cela d'une manière beaucoup plus approfondie que M. Spencer ne l'a fait dans son traitement de l'équilibre mobile.

Qu'il existe des ajustements biologiques qui ne manifestent pas le but que nous expérimentons chaque jour dans l'épaississement de la peau et les changements provoqués par le climat ou les activités quotidiennes, même s'il est vrai que ces ajustements peuvent recevoir une explication scientifique indépendamment du fait qu'ils soient des adaptations de moyens à des fins. . Nous constatons également qu'il existe des actions réflexes d'organismes qui se produisent en réponse à des stimuli externes sans aucun objectif conscient, comme respirer, digérer, etc. Nous sommes également conscients du fait que les actions intentionnelles deviennent automatiques par une longue habitude. En effet, nous avons plus d'expérience d'actions intentionnelles devenant automatiques que d'actions automatiques ou réflexes devenant intentionnelles.

Peut-il alors y avoir un but sans conscience ? Il existe des adaptations dans le monde végétal comme dans le monde animal, et nous n'attribuons pas à celles-ci une conception consciente. Nous ne pouvons pas non plus, sur la base de la théorie de la vie comme adaptation d'un équilibre mouvant à son environnement, admettre que ces changements soient dus à de simples heureux accidents d'origine et de survie, car nous sommes tenus d'en tenir compte comme des résultats nécessaires de leur existence comme équilibres en mouvement. Pourtant, s'il en est ainsi, les ajustements sont si complexes, si merveilleux dans leurs relations avec le monde des insectes et le monde animal en général, en vue de leur préservation et de la propagation de leurs espèces, que le but ou les moyens adaptés aux fins en sont la caractéristique apparente. L'adaptation des moyens aux fins est niée dans la théorie de « l'accident heureux » et cherche à être expliquée par la théorie de « l'équilibre mobile ». Pourtant, lorsque nous considérons la conception abstraite d'un équilibre mobile dérivé de notre système solaire, nous ne pouvons discerner aucune tentative d'autosuffisance et d'autodéfense. Aucune adaptation n'y est apportée pour sécuriser l'un ou l'autre de ces objets. Aucun objectif n'est manifesté et aucun ajustement n'est effectué en fonction des objectifs à atteindre. En revanche, il existe de nombreuses adaptations dans les mondes animal et végétal qui ne sont pas intentionnelles consciemment. Cependant, étant donné que notre tâche est critique et non pas un travail de reconstruction, nous devons simplement souligner que les actions intentionnelles en particulier, et les adaptations biologiques dans leur ensemble, ne peuvent pas être expliquées en considérant les organismes comme des agrégats d'éléments chimiques sur lesquels agissent des organismes. forces physiques et constituant des équilibres mobiles simplement physiques , dont les lois sont similaires à celles dérivées d'une considération d'équilibres mobiles comme le système solaire. Une telle théorie n'admet pas d'action intentionnelle.

Exposé de manière abstraite, le problème est de savoir comment expliquer l'origine du but dans un équilibre mobile - en commençant par le système solaire et en passant à un moteur auto-alimenté et en poursuivant notre enquête jusqu'à l'équilibre mobile abstrait des forces dans lequel les forces externes hostiles ou favorables Les forces génèrent des forces internes comme contrepoids, soit d'opposition, soit d'harmonie d'ajustement. Ainsi posé, le problème est purement de nature dynamique et permettrait de comprendre le but comme une relation dynamique d'agrégats de forces. C'est la véritable vision spencerienne du problème et de son mode de règlement, mais c'est une vision à laquelle M. Spencer ne s'applique pas. En l'absence d'une telle étude, M. Spencer abandonne la véritable ligne d'explication exigée par sa philosophie.

Mais nous pensons que si nous approfondissons cette étude, nous découvrirons un but lié à la conscience. La question se pose : tout objectif doit-il être un objectif conscient ? Le but implique la direction de l'action, cela implique un intervalle de temps, cela implique l'accomplissement d'un résultat. À ces égards, elle diffère de l'action chimique et mécanique. Il faut se demander quelle place la conscience trouve dans la constitution et l'action d'un équilibre en mouvement. Il n'a évidemment pas sa place dans le système solaire, car les physiciens peuvent effectuer leurs calculs sans en tenir compte. Pourtant, l'équilibre mobile idéal ou abstrait, à l'aide duquel nous essayons de comprendre les actions des organismes, découle de la considération du système solaire comme d'un équilibre mobile. Mais en réduisant le problème de l'abstrait à l'étude concrète d'un organisme, nous devons nous demander quelle place occupe la conscience dans un équilibre mouvant d'oxygène, d'azote, de carbone, d'hydrogène, etc., en relation avec un environnement de chaleur, de lumière, etc. Nous constatons qu'il est principalement un facteur dans toutes les classes d'actions que nous appelons intentionnelles, dans la mesure où les actions s'écartent du domaine chimique et mécanique, et dans la mesure où les agrégats manifestent les caractéristiques de la vie, à savoir la adaptation des relations intérieures aux relations extérieures – plus ils se rapprochent de l'adaptation la plus complète des moyens aux fins d'une vie complète, et plus ils manifestent un objectif conscient.

La théorie a été avancée selon laquelle la conscience est le résultat de la complexité de la combinaison des éléments chimiques, complexité qui peut s'expliquer sur des bases purement physiques. La biologie de M. Spencer est en partie travaillée de manière à prouver cette théorie. Mais il est évident que l'on ne peut tirer d'une théorie déductive que ce que contiennent les facteurs originels. Il est inutile de dire que nous ne connaissons pas suffisamment toutes les propriétés des facteurs originels, car c'est abandonner cette théorie particulière et reconnaître son insuffisance. Cet aveu nécessite une tentative de réaffirmer les forces originelles des facteurs. Si cela peut être fait, cela équivaut à proposer une nouvelle théorie, qui doit là encore être jugée sur son efficacité déductive.

La théorie selon laquelle la complexité de la structure nerveuse – une structure produite par une combinaison chimique et mécanique – suffit à expliquer la mémoire, la réflexion, le jugement, le choix et le but, a été traitée en détail par le Dr Bain et le professeur Clifford et a été critiquée dans nos anciens travaux en détail. [7]

La théorie selon laquelle les organismes sont le résultat de combinaisons chimiques et mécaniques, et que la conscience est concomitante de certains processus dans l'existence continue de telles combinaisons physiques, rejette tout le fardeau de l'explication sur la ligne de causalité physique, comme s'il existait une causalité physique. il n'y a absolument aucun accompagnement de la conscience. Les causes déterminantes sont entièrement physiques et la chaîne de séquences est complète dans le cadre des relations chimiques et mécaniques. Le fait qu'une conscience indépendante et concomitante accompagne certaines des actions en question est une circonstance intéressante, mais bien que la conscience soit produite comme un effet, selon cette théorie, elle ne produit jamais elle-même aucun effet.

La tentative de modifier les conceptions des facteurs chimiques originels (les soixante ou soixante-dix soi-disant éléments) et des facteurs physiques (chaleur, lumière, etc.) par l'association avec eux de l'esprit, du sentiment, etc., a à diverses époques, de vagues théories ont été formulées. Plus particulièrement ces dernières années, la théorie du professeur Clifford sur la substance mentale a attiré beaucoup d'attention. Mais, chose singulière, le professeur Clifford s'est seulement efforcé d'élaborer sa théorie d'une manière vague, mi-mécanique, mi-subjective. Il n'en était pas de sorte que, étant donné une nébuleuse telle que nous supposions être le prédécesseur du système solaire, nous puissions en déduire l'univers existant. L'énoncé approprié d'un tel problème serait un énoncé des relations non seulement entre les substances mentales, mais entre l'esprit et l'oxygène, l'esprit et l'azote, etc. La conception devrait être de nature à exprimer le facteur mental. , le côté mental ou l'aspect subjectif de l'oxygène, en relation avec le facteur mental de l'azote, etc., et comment ils ont diversement affecté la conduite des atomes doublement constitués ou des molécules plus complexes dans lesquelles ils se sont formés. Mais ceci n'est qu'une simple indication de la tâche plus vaste qui consiste à estimer l'ensemble des substances élémentaires et à estimer la valeur et l'action de leurs facteurs mentaux relatifs. De là devrait être déterminée la loi de croissance par laquelle une complexité croissante fait évoluer le pouvoir toujours croissant du facteur mental dans la détermination des actions. C'est sur cela que pourrait reposer une base rationnelle pour une définition de la vie telle que l'organique pourrait être reconnu comme issu de l'inorganique. Et puisque l'organique, dans son développement le plus récent et le plus élevé, se distingue principalement par des actions intentionnelles, on pourrait considérer que les actions intentionnelles ont évolué de manière naturelle à partir d' actions qui n'étaient pas intentionnelles. Mais une telle théorie n'est pas susceptible d'être formulée avec précision, et notre objectif philosophique, en essayant d'expliquer l'origine d'une action intentionnelle à partir d'une action non intentionnelle, est plus éloigné que jamais.

Il serait peut-être aussi bien ici, pour la pleine satisfaction de l'étudiant, de considérer dans quelle mesure l'origine de l'action intentionnelle est prise en compte par M. Darwin, ou doit être expliquée par ses méthodes. Il existe une grande différence entre le traitement de la biologie par M. Spencer et celui de M. Darwin. M. Spencer vise un système déductif logique complet et s'efforce de montrer comment, dans la nature même des choses, tout ce qui est doit avoir été ce qu'il est. L'entreprise de M. Darwin n'est pas si ambitieuse. Il limite ses études au domaine de la biologie et aux histoires passées des créatures vivantes, telles que conservées pour nous dans les archives géologiques. Il s'agit d'un travail purement scientifique, qui ne va pas au-delà de la généralisation des faits dont il traite. Celles-ci sont vastes et extrêmement importantes ; à tel point qu'elles couvrent toute l'histoire des êtres vivants : mais ses explications ne vont que dans un certain sens. Ils ne sont pas fondamentaux et nous sommes seulement ramenés en arrière dans le temps, jusqu'au crépuscule originel et à l'obscurité ultime. Sa théorie est strictement causale. L'explication des organismes existants se trouve dans les relations des facteurs antérieurs. Nous en comprenons une partie et nous ne comprenons pas une autre partie. Nous ne comprenons pas le pourquoi de la genèse et de l'hérédité, mais nous savons qu'il s'agit de faits et qu'ils constituent la base de grandes explications. Car si les organismes sont modifiables, des changements toujours croissants de structure et de fonction peuvent être produits et reproduits. L'augmentation des changements induits dans diverses directions peut, au cours des générations suivantes, être telle qu'elle oblitère tout semblant de relation avec l'ancêtre d'origine. Quelles sont les lois de ces changements ? C'est la grande réussite de M. Darwin d'avoir expliqué. La lutte pour l'existence, la survie du plus fort, l'adaptation à de nouveaux environnements par l'utilisation et la non-utilisation de pièces, les changements induits par le changement climatique et alimentaire, ou par l'action de nouveaux organismes dans l'environnement, toutes ces considérations s'ouvrent sur au regard étonné et admiratif de l'homme, des histoires vastes et intéressantes de changements telles qu'un esprit perspicace comme M. Grant Allen se délecte dans ses promenades à travers les champs anglais.

La question se pose de savoir jusqu'où les théories de M. Darwin peuvent être étendues philosophiquement, de manière à expliquer ce qu'il accepte comme inexpliqué, à savoir : la genèse, l'hérédité, l'origine des organismes à partir de l'inorganique, le développement graduel de la conscience, l'augmentation des sentiments et des sentiments. l'intelligence et l'avènement d'une conduite intentionnelle orientée vers la réalisation d'objectifs définis et différés ? Pour tous ces points, il ne les traite pas car ils ne relèvent pas de sa compétence scientifique. De toute évidence, ses théories ne sont pas adaptées pour expliquer ce qu'elles tiennent pour acquis. Ils ne peuvent pas expliquer sur quoi ils sont fondés. L'origine des organismes est inexpliquée : la propagation de l'espèce est acceptée comme un fait inexpliqué, tout comme l'hérédité et la présence de la conscience. Les actions intentionnelles ne sont pas prises en compte dans les travaux de M. Darwin.

Mais il y a un point sur lequel nous désirons attirer l'attention, à propos de la méthode différente selon laquelle les changements d'espèces sont traités par M. Spencer et M. Darwin. Le premier considère tous les changements comme rendus nécessaires par les lois de l'équilibre en mouvement, de sorte qu'un changement de climat de telle nature qu'il prive un organisme de l'humidité requise pour continuer à exister pendant une longue période de temps, nécessiterait absolument quelque dispositif sur son rôle pour contrebalancer la force extérieure de la sécheresse. Il serait dans la nature même des choses que la plante devienne épaisse et succulente comme le cactus, ou que l'animal se constitue un réservoir pour le stockage de l'eau.

La théorie de M. Darwin est très différente. Il avance le fait que les organismes, et plus particulièrement ceux des formes inférieures et simples, produisent constamment des « sports ». Il ne s'agit pas d'accidents fortuits au sens métaphysique erroné d'incausés, mais d'accidents comme étant produits par quelque incident externe ou interne dans la croissance de l'embryon, qui l'amène à s'écarter sur un certain point de la structure du parent. Ce « sport » peut être à l'avantage ou au détriment du nouvel organisme. Si tel est le cas, il périt bientôt ; mais s'il aide l'organisme à mener une vie plus complète, alors il vivra plus longtemps et mieux, et sa descendance survivra de la même manière au détriment de ses semblables du type non amélioré. L'accumulation de changements produits de cette manière, tantôt dans un sens, tantôt dans un autre, ainsi que les influences indiquées ailleurs, pourraient contribuer et ont sans aucun doute beaucoup contribué au développement des espèces.

Nous donnons à cette cause de changement, sans vouloir manquer de respect, le nom de « Théorie de l'accident heureux », par opposition à la « Théorie de l'équilibre mobile » de M. Spencer, et nous nous demandons ce qu'elle peut ou ne peut pas expliquer. Cela explique peut-être beaucoup de choses dans les limites de l'enquête de M. Darwin, mais cela explique-t-il du tout les faits fondamentaux qu'il tient pour acquis : la genèse, l'hérédité et la conscience, ou l'origine de l'organique à partir de l'inorganique. Un agrégat inorganique, produit par les relations de certains composés chimiques sous l'action de la lumière, de la chaleur, etc., pourrait-il accidentellement se générer par fission ou autrement, puis par une succession de sports aboutir à une génération sexuelle ? Une telle combinaison chimique pourrait-elle accidentellement devenir consciente et, par une succession de sports, organiser sa conscience en un but ? Nous pensons que nous ne pouvons pas introduire dans ces régions la théorie de l'accident heureux, la théorie du sport. Il s'agit là d'une théorie valable et justifiable dans les limites de la biologie, même si, même ici, l'estimation de ses résultats peut être exagérée ; mais au-delà et derrière ces limites, cela ne sert à rien. Le simple fait de l'admettre est un aveu d'ignorance et d'incapacité à appréhender la ligne de causalité exacte ; mais aussi longtemps que nous sommes convaincus que l'accident ou le sport qui donne lieu à une variété se produit dans le cadre de facteurs que nous sommes en mesure de reconnaître, l'incapacité de rendre compte de la cause particulière d'un sport particulier n'affecte pas l'ensemble des facteurs. théorie. Mais si quelqu'un étend imprudemment l'application de la théorie pour expliquer la présence autrement inexplicable d'un nouveau facteur, ou la présente comme une explication d'une ligne de séquences non déductibles logiquement de tout ce qui est inclus dans l'évaluation mentale du facteurs originaux par lesquels le système de séquences doit être unifié, alors il commet en effet une très grave erreur.

C'est pour se prémunir contre une telle erreur que nous prenons note des limites appropriées à l'applicabilité de la théorie de M. Darwin. En fait, nous pensons qu'il est trop communément admis que la théorie de M. Darwin a la portée universaliste des théories de M. Spencer ; son travail est cependant purement de caractère scientifique et concerne le domaine de la biologie.

On aura remarqué que dans l'argumentation précédente nous n'avons pas abordé le problème philosophique de la théorie de la connaissance. Nous avons simplement pris l'étude du cosmos dans l'ordre historique, trouvant l'inorganique comme antécédent à l'organique, l'inconscient au conscient, un ordre historique qui ne peut être contesté quelle que soit la théorie de la connaissance adoptée.

Nous concluons donc que dans la mesure où les Données éthiques sont une tentative d'expliquer les actions intentionnelles et leur qualité éthique selon une méthode philosophique du type proposée par M. Spencer, à savoir, comme incluse dans une compréhension appropriée du processus cosmique, et des histoires de l'univers résultant de la connaissance des relations entre ses facteurs originels - jusqu'à présent, le travail de M. Spencer doit être considéré comme un échec. Nous tenons pour vrai qu'il y a beaucoup de valeur scientifique réelle dans les travaux examinés, ainsi que beaucoup de perspicacité originale et de véritable appréhension du processus ; mais cette valeur scientifique est très obscurcie par les vagues références cosmiques qui imprègnent une étude par ailleurs admirable. Comme indiqué au début du chapitre, nous considérons que la tentative d'associer des actions intentionnelles aux lignes générales du processus cosmique peut gâcher l'effet du travail dans son aspect scientifique. La faute est d'autant plus grande que M. Spencer fonde toute l'importance de ses théories, non pas tant sur leur valeur scientifique limitée, que sur la solidité de la base philosophique. Depuis vingt ans ou plus, il a travaillé sur cette base et, au cours de son travail merveilleux, a toujours eu en vue comme couronnement l'établissement de l'éthique sur une base cosmique à travers un processus cosmique dont elle devrait être l'aboutissement glorieux. . L'éthique doit se révéler dominante et impérative par la voix de l'univers en expansion. Pourtant, sauf à montrer que l'éthique fait partie de l'étude de la biologie, dont les lois générales du développement sont connues, mais dont les facteurs, leurs relations et leur origine sont totalement inconnus, il n'a pas réussi. Il aurait pu, sauf exception indiquée, écrire ses « Données d'éthique » en premier comme en dernier.

NOTES DE BAS DE PAGE :

[2] Données d'éthique, pp. 5 et 6.

[3] Données d'éthique, p. 61.

[4] Voir « Sur l'unification des connaissances de M. Spencer », Chap. I., ¶ 1, et Chap. III, § 4.

[5] Sur « l'Unification des connaissances » de M. Spencer, Chap. V.

[6] Données d'éthique, p. dix.

[7] Sur « l'Unification des connaissances » de M. Spencer, p. 231 *et suiv.* ; et voir la réponse du Dr Bain dans « Mind », n° xxxi.

CHAPITRE II.
LA VISION SCIENTIFIQUE DE L'ÉVOLUTION DE L'ÉTHIQUE.

Depuis la publication de « L'Origine des espèces », la pensée moderne a été de plus en plus contrainte à reconnaître l'éthique (ainsi que toutes les autres formes de conduite humaine) comme le résultat d'un processus de croissance naturelle. Les facteurs à l'origine de cette croissance se perdent dans les obscurités de notre ignorance, et nombre des processus dont elle dépend dépassent également les capacités humaines d'explication existantes. La science doit tenir pour acquis l'existence inexpliquée des organismes. Pour atteindre ses objectifs, elle est obligée de commencer par supposer certains organismes primitifs ayant une structure et des fonctions simples. Elle est également obligée d'admettre, bien qu'elle ne comprenne pas, les faits de reproduction et d'hérédité. Elle ne peut pas non plus refuser de reconnaître une place dans l'histoire du développement, à côté des facteurs chimiques et physiques, à un facteur subjectif appelé sentiment, conscience, esprit, ou quelle que soit la meilleure façon de l'exprimer. Toutes ces vérités d'existence inexplicables mais fondamentales qu'elle doit assumer. C'est parce que ces phénomènes sont inexpliqués que la science ne parvient pas à devenir une philosophie. Mais dans le cadre de leur fonctionnement, la science peut nous apprendre beaucoup de choses, et les doctrines darwiniennes ont montré sous nos yeux les merveilleuses histoires de changement et de croissance au cours des cycles précédents de l'existence du monde. Il ne reste plus guère de doute dans l'esprit des hommes réfléchis quant à la véracité du développement biologique. La théorie repose sur une induction si vaste de faits s'étendant sur tant de branches de la science et sur des périodes de temps si lointaines, et en même temps, comme par un coup de magie, elle a disposé toutes sortes de faits étranges et incompréhensibles en des endroits définis de manière bien ordonnée. l'histoire organique, que l'esprit ne peut plus refuser de se soumettre à une conception scientifique aussi impériale et convaincante.

Bien que les lois philosophiques du développement biologique soient, comme nous l'avons vu, hors de notre portée, et bien que notre théorie de l'origine accidentelle des variations soit plutôt boiteuse, il y a encore beaucoup de choses qui peuvent être exprimées dans les énoncés formels appelés les lois du développement biologique, qui met en lumière les processus de changement et de croissance qui ont conduit des simples formes organiques à la plus haute manifestation de la vie dans la race humaine. M. Spencer définit la vie comme « l'ajustement continu des relations intérieures aux relations extérieures ». Ce que M. Spencer considère non seulement comme une définition, mais comme une loi. Sa justification philosophique est recherchée en vain, mais elle peut être acceptée comme une affirmation scientifique correcte – non seulement sur les adaptations non conscientes des organismes aux changements de l'environnement (comme l'épaississement de la fourrure pour résister au froid arctique, ou les protections protectrices). changement de couleur pour imiter l'environnement physique), mais aussi des adaptations conscientes par lesquelles les animaux supérieurs accomplissent des actions particulières ou subissent des changements d'habitudes.

Comme le souligne M. Spencer, l'acceptation de cette loi implique non seulement une harmonie totale entre l'existence d'un organisme et son environnement, mais elle implique également divers degrés de vie. Plus les correspondances établies entre un organisme et les immensités du monde extérieur – immensités qui se manifestent non seulement dans la multiplicité des objets individuels, mais aussi dans la grandeur de leurs interrelations collectives – sont nombreuses et variées, plus grand est le degré de vie. M. Spencer insiste beaucoup sur ce caractère quantitatif de la vie. Bien plus, en effet, que sur la simple continuité, même si celle-ci est dans une certaine mesure essentielle à la première. Subordonné à cette notion, l'avancée en degré de vie s'avère passer d'une vie simple, incohérente et indéfinie à un ensemble de relations de plus en plus définies, cohérentes et complexes avec l'environnement.

Mais parallèlement à cette évolution, et d'une manière assimilable à celle d'une progression géométrique, le facteur subjectif a progressé en importance relative. Dans son développement le plus rudimentaire, M. Spencer considère que la douleur est le concomitant des états de l'organisme physique qui tendent à sa destruction, et que le plaisir est le concomitant des états qui tendent à le promouvoir. Ainsi, la faim est une douleur révélatrice de l'absence des réserves d'énergie provenant de l'environnement, nécessaires à la continuité de l'activité de l'organisme, tandis que le plaisir de se nourrir est concomitant à l'apport adéquat de l'énergie nécessaire à la continuité de l'activité de l'organisme. de la fonction organique. Le plaisir et la douleur deviennent donc des motifs, et la réalisation de l'un et l'évitement de l'autre travaillent ensemble à la continuation de la vie. Les plaisirs et les douleurs sont relatifs à l'organisme – selon la constitution physiologique et la structure de l'organisme, ses plaisirs et ses douleurs le sont également.

Le concomitant de certaines structures et fonctions de l'organisme n'est pas simplement la sensibilité mais aussi la perception. L'esprit s'est développé à partir de la distinction, de l'identification et de la reconnaissance des modes de sensibilité. Ces fonctions et structures ont été accompagnées de plaisir et de douleur et ont constitué la base des plaisirs de l'activité intellectuelle dans leur variété multiforme. De par leur nature même en relation avec l'environnement, ils ont merveilleusement accru le développement quantitatif de la vie.

Avec l'essor de l'esprit, on a progressivement reconnu le rôle joué par le sentiment dans l'univers organique. Cette reconnaissance de l'existence du sentiment, de la susceptibilité des organismes extérieurs au plaisir et à la douleur, a constitué la base d'une grande partie des adaptations des organismes par rapport à leur environnement organique. Les adaptations qui révèlent cette reconnaissance se manifestent de manière plus manifeste non seulement dans les actions de l'homme et des animaux, mais aussi dans les fonctions des plantes, aussi étrange que cela puisse paraître.

Avec cet accroissement de l'intelligence générale s'est accompagné un accroissement de la connaissance rationnelle des relations causales des phénomènes ; et avec l'accroissement de la connaissance des motivations humaines s'est produit un accroissement de la connaissance des séquences d'actions. Ainsi, des jugements rationnels plus larges sur les conséquences des actions ont été obtenus.

À la suite d'une reconnaissance accrue du plaisir et de la douleur comme motifs, et d'un jugement rationnel accru quant aux séquences d'actions, est venue l'adaptation de la conduite aux douleurs et aux plaisirs des autres. Ces adaptations ont toutefois été relatives à la constitution particulière de l'Ego, ainsi qu'à la constitution des Egos environnants.

La connaissance de l'existence de la sensibilité dans les organismes externes peut être mise au service de l'Ego en infligeant de la douleur, de manière à contraindre d'autres organismes sensibles à se tourner vers leurs propres objets égoïstes ; ou encore en conférant du plaisir, de manière à servir le même but. Ainsi, la cruauté peut être un plaisir naturel à certains stades précoces du développement, en tant que compagnon des nécessités de l'existence, et peut demeurer par héritage longtemps après la disparition de ces nécessités. Mais avec l'augmentation de la vie s'est produite une augmentation de la sympathie. C'est une loi de la nature qu'une fois satisfaits les plaisirs de l'ego, ils sont augmentés par la contemplation des plaisirs similaires des autres. Mais là encore, c'est relatif. Le gourmand aime la société des gourmands et ne se soucie pas de la compagnie de l'esthétique ou de l'ascète. L'homme de goût se délecte de la société des natures apparentées et méprise les plaisirs de la bassesse. Mais les relations familiales ont été la source principale de toutes les sympathies douces et viriles : et c'est l'élargissement progressif des organisations sociales qui a répandu de plus en plus le sentiment de sympathie humaine. Le cours de l'histoire nous montre une croissance constante, non seulement dans l'abstention passive d'infliger de la douleur, mais aussi dans l'effort actif pour promouvoir le bonheur de nos semblables.

Il s'agit d'une déclaration générale de la vision scientifique de la conduite intentionnelle. Ses lois découlent d'une étude de sa croissance. La croissance présente plusieurs caractéristiques distinctives. Il y a eu la « lutte biologique ordinaire pour l'existence » et la « survie du plus fort ». Il y a eu des adaptations rendues nécessaires par l'action de l'environnement, et il y a eu des variations fortuites dans les lignes de causalité qui, bénéficiant à l'individu ou à une race particulière, leur ont donné un tel avantage dans la bataille de la vie qu'il a assuré à leurs descendants une possession prépondérante des bonnes choses du monde. Il y a eu une augmentation de l'intelligence, une augmentation de l'organisation de la société, une augmentation des jugements rationnels sur les phénomènes et les actions humaines. On connaît mieux la détermination des actions par des motifs. Il y a eu une augmentation de la sympathie.

Mais quelle est la vertu éthique de cette étude historique n'est pas très claire. L'histoire des développements humains est une question d'histoire naturelle et rien de plus. Et même si nous procédons comme nous pourrions le faire, à étudier plus en détail l'histoire du développement des notions de bien et de mal et des diverses applications changeantes de ces termes, nous restons toujours dans les limites d'une histoire naturelle — nous sommes toujours ayant une attitude purement scientifique ou observatrice. Il est vrai qu'une telle étude peut être essentielle à notre histoire future : mais la simple étude de ce qui a été, et la prévision qui en résulte de ce qui sera, n'établit aucune règle de droit. Prophétiser les orientations déterminantes de la conduite humaine future ne constitue pas un impératif éthique pour l'individu. "S'il en est ainsi", peut-il dire, "qu'il en soit ainsi, cela ne me regarde pas. L'obligation incombe à la nature et non à moi." D'où vient donc le nouveau « système de régulation », dont le manque alarme M. Spencer ? Où chercherons-nous le nouvel évangile qui restreindra et vivifiera la conduite morale des générations futures à la place des systèmes surnaturels qui sont censés chanceler vers leur chute ?

Et si nous allons au-delà de cela et constatons que cette histoire naturelle de l'homme est régie par des lois générales d'adaptation et de développement, nous devrons encore remettre en question le discernement éthique et l'autorité éthique dans des circonstances particulières, lorsque ce qui est — est jugé comme n'étant pas ce qu'il est. devrait être; alors qu'en fait, les adaptations ou les faits biologiques, ou les équilibrages produits par l'évolution, sont jugés comme n'étant pas éthiquement bons.

Cependant, M. Spencer estime que les règles de bonne conduite peuvent être établies sur une base scientifique, et il nous appartient d'examiner sa façon de traiter le problème.

" Bien que cette première division de l'ouvrage qui termine la Philosophie synthétique ne puisse, bien entendu, contenir les conclusions spécifiques qui seront exposées dans l'ensemble de l'ouvrage, elle les implique néanmoins de telle manière que, pour les formuler définitivement, il ne faut rien d'autre que la déduction logique.

« Je tiens d'autant plus à indiquer dans les grandes lignes si je ne peux pas achever cet ouvrage final, car l'établissement de règles de bonne conduite sur une base scientifique est une nécessité impérieuse. Maintenant que les injonctions morales perdent l'autorité que leur confère leur prétendue origine sacrée, "La sécularisation de la morale devient impérative. Peu de choses peuvent arriver plus désastreuses que la décadence et la mort d'un système de régulation, qui n'est plus adapté, avant qu'un autre système de régulation plus adapté ne se soit développé pour le remplacer. La plupart de ceux qui rejettent les croyances actuelles , semblent supposer que l'agence de contrôle qu'elle fournit peut être rejetée en toute sécurité et que le poste vacant peut être laissé vacant par toute autre agence de contrôle. Pendant ce temps, ceux qui défendent les croyances actuelles prétendent qu'en l'absence de la direction qu'elle donne, aucune direction ne peut exister. Ils pensent que les commandements divins sont les seuls guides possibles. Ainsi, entre ces adversaires extrêmes, il existe une certaine communauté. L'un considère que le vide laissé par la disparition du code d'éthique surnaturelle n'a pas besoin d'être comblé par un code d'éthique naturelle ; et l'autre soutient qu'il ne peut pas être ainsi rempli. Tous deux envisagent un vide que l'un souhaite et que l'autre craint. Alors que le changement qui promet ou menace de provoquer cet état, désiré ou redouté, progresse rapidement, ceux qui croient que le vide peut être comblé sont appelés à faire quelque chose conformément à leur croyance. » [8]

Il ressort clairement du passage ci-dessus que M. Spencer ne cherche pas simplement à connaître les lois des développements passés, qui nous ont amenés à notre position actuelle en ce qui concerne l'obligation morale en général et les diverses réglementations sociales existant dans les différentes sociétés. mais il cherche en outre à renforcer et à établir sur de nouvelles bases l'autorité de toutes ces obligations. Ce que M. Spencer espère, c'est une fin pratique. Il recherche l'art du bien vivre. De même qu'il existe des sciences de chimie, de métallurgie, d'électricité, etc., et les arts qui en découlent, ainsi il recherche des règles de vie qui bénéficieront à l'humanité, qui découlent de la science de l'humanité. Mais la question reste de savoir si l'impératif moral peut être considéré comme le résultat de la science. Cependant, si ce n'est pas le cas, la science peut néanmoins être capable de discerner que l'impératif moral est si fermement ancré dans la nature humaine qu'elle peut être capable de proclamer haut et fort son empire dans le cœur et sur les actions de l'homme ; tandis qu'en même temps la Science peut être capable de la guider vers des jugements plus sages et meilleurs.

La tâche qui nous attend est de poursuivre le cours de pensée de M. Spencer, entrepris dans cet esprit, à travers les chapitres suivants de son ouvrage. En négligeant les critiques mineures et en passant sous silence un enseignement très précieux, notre tâche est de suivre l'essentiel de son raisonnement et d'examiner les principaux fondements d'une telle autorité et d'une telle direction qu'il nous présente finalement comme le résultat de son étude.

NOTE DE BAS DE PAGE:

[8] Introduction aux « Données d'éthique », p. 3.

CHAPITRE III.
LA VISION BIOLOGIQUE DE L'ÉTHIQUE.

Nous parviendrons au mieux à une évaluation adéquate du système éthique de M. Spencer en étudiant d'abord ce qu'il appelle la vision biologique de l'éthique. Mais pour y parvenir correctement, il faut examiner non seulement le chapitre VI, qui porte ce titre, mais aussi le chapitre suivant, qui traite du point de vue psychologique. Nous estimons que M. Spencer, en divisant son sujet en étapes séparées, fait un faux arrangement de ses études. Car d'une part il s'efforce d'inclure l'étude de la biologie comme une branche de la physique, d'autre part il la considère comme incapable d'une étude globale du développement indépendamment des facteurs émotionnels et mentaux. Ces divisions sont des traits marquants de la forme dans laquelle M. Spencer a jeté son étude de la conduite humaine, mais elles ne correspondent pas à sa manière actuelle de traiter le sujet. Le cours de la pensée ne peut pas être inscrit dans un schéma formel. On constate que la compréhension de la biologie dépend autant de la connaissance de la psychologie que de la connaissance de la physique. La séquence d'étapes dépendantes telle qu'elle est exposée ne tient pas. Le comportement des organismes animaux et peut-être végétaux ne peut pas être expliqué comme l'action de simples agrégats physiques, et est peu compris sans l'admission d'un facteur subjectif de sentiment ou d'esprit. C'est très bien pour M. Spencer d'argumenter, comme il le fait au chapitre V, sur la « vision physique », que puisque toute conduite est objectivement une action physique, elle peut être étudiée séparément du point de vue physique ; mais comme les actions des organismes ne doivent pas être expliquées dans les limites des lois physiques, c'est un rappel très inutile, et M. Spencer lui-même ne fait rien de l'étude puisqu'il ne peut pas déterminer la ligne de causalité en termes uniquement de facteurs physiques. . D'un autre côté, nous constatons que notre auteur n'a pas parcouru trois pages dans la perspective biologique avant d'introduire les facteurs subjectifs du plaisir et de la douleur, qu'il établit finalement non seulement comme les accompagnements d'actes qui maintiennent ou diminuent la vie, mais même comme causes d'actions ultérieures qui tendront en même temps à assurer le plaisir et à éviter la douleur, et ainsi à maintenir l'organisme dans la continuité de son existence. Ce n'est que sur trois pages que l'on peut maintenir la vision purement biologique des organismes animaux en tant qu'équilibres physiques en mouvement ; puis avec l'article 32 vient l'introduction de facteurs subjectifs - facteurs qui sont traités non seulement comme les concomitants de processus physiques menés entièrement dans et selon les lois de la séquence physique, mais comme de véritables facteurs interférant et affectant la ligne de causalité. Il est vrai que M. Spencer reconnaît et traite la difficulté qui se pose évidemment quant à la séparabilité de la vision psychologique d'une vision biologique qui admet les facteurs de plaisir et de douleur. Mais la distinction qu'il fait, bien que justifiable, ne résout pas la difficulté fondamentale. La psychologie traite, en gros, de la mentalité ; il comprend une étude de l'établissement d'ensembles de relations internes (*c'est-à-dire* des associations de pensées, des relations d'idées, des relations de séquences, des pouvoirs de mémoire, de discrimination et d'identification) avec des ensembles de relations externes, à savoir les existences réelles. dont les relations intérieures sont les représentants. L'établissement de telles relations intérieures correspondant aux relations extérieures et leur croissance croissante doivent avoir une influence marquée sur la conduite humaine, de sorte qu'elle peut très bien être séparée, pour des raisons de commodité d'étude, des formes antérieures de conduite organique, dans lesquelles une telle action est peu reconnaissable. . Mais la difficulté réside dans la manière de former la loi de connexion. De plus, c'est une chose d'établir le fait de l'évolution, et une autre de l'expliquer. Nous admettons nous-mêmes le fait, certes, mais cherchons en vain l'explication.

Devons-nous chercher l'origine du plaisir et de la douleur dans ces lois de l'équilibre mouvant qui nécessitent la génération de forces internes égales et opposées aux forces externes hostiles ? Si tel est le cas, le plaisir et la douleur doivent être considérés comme des forces – comme des facteurs – dans l'organisme, et nous devons considérer le subjectif comme généré par des facteurs physiques externes agissant sur des facteurs physiques internes, et nous devons considérer ces facteurs subjectifs non seulement comme concomitants, mais comme produisant des effets physiques par voie de réaction.

Dans la mesure où elle va, il peut y avoir une vision physique d'une conduite intentionnelle, et dans la mesure où elle va, il peut y avoir une vision psychologique, mais entre les deux, la vision biologique n'est qu'un simple mélange désordonné, empruntant ses termes d'abord d'une part, puis de l'autre, et en attribuant ses causes déterminantes d'abord à la théorie de l'équilibre physique en mouvement, puis de nouveau à l'anticipation du plaisir et de la douleur. Mais la loi biologique qui devrait coordonner ces deux ensembles de lois n'est pas formulée, et l'on retrouve donc des transitions plus ou moins glissantes, ou plus ou moins soudaines, d'un ensemble de termes ou de lois à l'autre, défaut qui se cache dans dans une certaine mesure par les divisions formelles des chapitres. Mais si l'on suit attentivement le cours de la pensée, on s'aperçoit que le traitement lui-même ne s'intègre pas correctement. Il y a une transition indubitable de l'ensemble de facteurs purement physiques à l'ensemble purement subjectif, et il n'existe aucune loi biologique coordonnée. . Ce chapitre est transitoire, il est vrai, mais seulement dans le sens de l'abandon progressif de l'emploi d'un ensemble de termes et de l'emploi progressif d'un autre ensemble de termes dans le traitement des mêmes phénomènes.

M. Spencer argumente bien au chapitre V sur la concomitance d'actes procurant du plaisir avec des actes qui maintiennent la vie, et d'actes donnant de la douleur avec une diminution de la vie ; mais lequel est antérieur dans la chaîne de causalité ? Ou, pour répéter la vieille difficulté, le facteur subjectif est-il présent dans la ligne de causalité ? Est-ce simplement un élément concomitant de la suite physique des événements ?

M. Spencer propose de traiter les sentiments et les fonctions dans leur dépendance mutuelle [9] et admet ainsi le subjectif comme facteur. Il existe donc des sentiments qui sont des sensations et qui servent en partie de guides et en partie de stimulants à des actions visant à entretenir et à préserver la vie. Et il y a des sentiments qui sont classés comme des émotions qui agissent également de manière très puissante comme guides et stimuli, comme la peur et la joie. Par conséquent, en traitant de la conduite sous son aspect biologique, nous sommes obligés de considérer cette interaction de sentiments et de fonctions qui est essentielle à la vie animale sous toutes ses formes les plus développées. [dix]

Suite à cela, on nous enseigne que le plaisir est un sentiment que nous cherchons à amener à la conscience, et la douleur un sentiment que nous cherchons à garder hors de la conscience. Cela confère certainement au facteur subjectif une place prépondérante dans l'action physique des organismes ; cela implique aussi une prévision des résultats des actions et un certain degré de progrès en psychologie mais ne jette aucune lumière sur les étapes inférieures de l'action biologique. M. Spencer dit cependant que « des liens adéquats entre les actes et les résultats doivent s'établir dans les êtres vivants avant même que la conscience n'apparaisse ». Vient ensuite une étude intéressante de la proposition selon laquelle « après l'élévation de la conscience, ces connexions ne peuvent changer que pour devenir mieux établies » et que « chaque fois que la sensibilité fait son apparition comme accompagnement, ses formes doivent être telles que dans un cas, le sentiment produit est d'un type qui sera recherché : le plaisir, et dans l'autre cas, il est d'un type qui sera évité : la douleur. "C'est une déduction inévitable de l'hypothèse de l'évolution que des races de créatures sensibles n'auraient pu naître dans aucune autre condition" que "les douleurs sont les corrélatifs d'actions nuisibles à l'organisme, tandis que les plaisirs sont les corrélatifs d'actions propices à son développement". bien-être."

Tout cela peut être admis, étant donné l'existence du facteur subjectif ; mais à quel stade commence-t-il à avoir une influence si puissante sur le développement des organismes, et d'où vient-il ? Selon M. Spencer, « des liens adéquats entre les actes et les résultats doivent s'établir dans les êtres vivants avant même que la conscience n'apparaisse ». « Au tout début, la vie est maintenue par la persistance dans les actes qui y conduisent et par l'abandon des actes qui l'empêchent. » Il semblerait que si la vie peut être maintenue au moyen d'une persistance inconsciente d'actes bénéfiques et d'un abandon inconscient d'actes nuisibles, un tel processus pourrait se poursuivre dans des organismes plus complexes sans l'aide de la conscience, et que la continuation et le développement de la vie pourraient s'expliquer par en termes des mêmes facteurs et processus qui ont donné naissance à la vie, qui ont régulé et propagé l'existence des races dans les formes les plus basses d'organismes. M. Spencer soutient clairement que de telles races d'organismes ont été créées et maintenues par l'action de lois physiques avant que la sensibilité ne devienne un facteur dans leurs actions de maintien ou de génération . Quel besoin alors de sensibilité dans le développement ultérieur ? L'argument de M. Spencer est bon, selon lequel, étant donné la concomitance du plaisir et de la douleur avec des actes qui maintiennent et diminuent respectivement la vie, l'obtention de l'un et l'évitement de l'autre agissent sur l'augmentation de la vie ; mais il dit qu'avant l'avènement de la sensibilité, la vie était entretenue à peu près de la même manière. Il y a cependant cette différence que ce n'est que là où les actes requis étaient accomplis ou évités dans des organismes pré-sensibles que de tels organismes ont continué à exister, et que ces actes n'ont pas été accomplis consciemment, mais se sont produits seulement au cours d'une séquence physique ; alors que dans le cas des créatures sensibles, le plaisir est consciemment recherché et la douleur est intentionnellement évitée. Mais il nous semble que lorsque les actes sont déterminés par l'anticipation du plaisir ou de la douleur, nous entrons dans le domaine de la psychologie, et que lorsqu'ils sont déterminés par des facteurs physiques sans conscience, nous restons dans le domaine de la physique, de sorte qu'il n'y a pas d'intermédiaire. science de la biologie du tout. Et nous entendons par là, non pas que, pour des raisons de commodité, nous ne puissions pas organiser nos cours d'études de cette manière, mais qu'il n'existe aucune loi physique qui rende compte du développement des organismes, et qu'il n'existe aucun processus biologique qui n'implique l'action de un facteur subjectif ; et qu'il n'existe pas de véritable loi biologique qui exprime correctement la corrélation des deux. M. Spencer commence par une biologie dans laquelle le subjectif est complètement absent et se termine par une psychologie de la plus haute qualité : mais il échoue à exprimer la loi biologique qui rend compte de la croissance de l'un à partir de l'autre, ou exprime la loi de leur corrélation dans une croissance concomitante.

Comment pouvons-nous alors arriver à une règle éthique par l'étude de la biologie ? De cette façon. Un organisme est un équilibre mouvant : c'est une loi des équilibres mouvants qu'ils contrebalancent par de nouveaux ajustements aux forces antagonistes du milieu, et absorbent les forces du milieu favorables à leur maintien. Leur existence continue dépend d'une telle absorption et d'un tel ajustement continus. Mais à mesure que l'environnement varie, les ajustements évoluent également ; et il existe ainsi une merveilleuse variété d'équilibres mobiles différents, qui forment des parties importantes de l'environnement des uns et des autres. Les structures et fonctions appropriées qui ont ainsi évolué sont donc relatives à l'environnement, et la structure et les fonctions héritées formant un équilibre mobile sont adaptées à des environnements particuliers et à aucun autre. Il n'y a pas d'équilibre mobile absolu ; tout est relatif. "Ce qui a été défini comme un équilibre mobile, nous le définissons biologiquement comme un équilibre de fonctions. L'implication d'un tel équilibre est que les différentes fonctions, dans leurs types, quantités et combinaisons, sont ajustées aux diverses activités qui maintiennent et constituent un équilibre complet. vie ; et être ainsi ajusté, c'est avoir atteint le but vers lequel tend continuellement l'évolution de la conduite. » Mais la plénitude de la vie signifie avant tout la plénitude de la vie dans chaque organisme individuel en ce qui concerne son existence continue et la pleine satisfaction de toutes ses fonctions pendant la période de son existence. Le biologiquement bon est tout ce qui conduit à cette fin, et le biologiquement mauvais est tout ce qui y porte atteinte. Le bien et le mal biologiquement sont donc relatifs au consensus des fonctions qui constituent un animal ou un autre organisme. Les bons et les mauvais biologiquement sont donc individuels. Ce qui est bon pour l'individu est une bonne conduite, et ce qui est mauvais pour lui est une mauvaise conduite. Il est donc juste que les gros poissons mangent les petits, que l'oiseau se nourrisse de l'insecte ; c'est une satisfaction convenable pour les fonctions du lion que de dévorer l'antilope, pour qu'une tribu tue ou chasse une autre tribu afin de s'emparer de plaines plus fertiles et de pays plus délicieux. Ainsi, tant que les fonctions se complaisent dans l'égoïsme et qu'il n'y a pas de contre-force de sympathie parmi elles, il est juste de tyranniser, de soumettre les autres au service ou aux passions des organismes dominants. Ils respectent la loi biologique : ils sont propices à une vie relative complète. La loi biologique ne reconnaît la vie d'autrui que lorsque la sympathie fait partie des fonctions de l'organisme.

La question se pose ici de savoir dans quelle mesure la loi éthique doit être déterminée par la loi biologique, car si la loi biologique est dominante et la loi éthique dépendante, cette dernière ne peut être expliquée et justifiée que par la première. Mais nous voyons immédiatement que les deux choses ne sont pas identiques et co-extensives. Nous reconnaissons la différence entre ce qui est biologiquement efficace et ce qui est éthiquement bon et mauvais. La loi de la biologie se réfère aux actions de chaque individu à l'égard de lui-même seul, quelles que soient les fonctions, etc., qui constituent ce soi. Elle ne concerne que son bien, indépendamment du bien des autres, à moins et jusqu'à ce que la sympathie envers les autres soit devenue une partie des fonctions de l'individu.

Mais M. Spencer cherche à rendre la vision biologique de la conduite identique à la vision éthique en introduisant la conception de la vie quantitative. Dans ce cas, un organisme a d'autant plus de vie que plus il a de correspondances avec l'environnement. Et comme l'environnement est constitué de deux classes d'objets, les objectifs et les subjectifs, les objets purement physiques et les organismes doués de sentiments, de même les correspondances établies chez l'individu sont de deux sortes, psychologiques et émotionnelles. Dans la première classe sont compris tous les objets et relations du monde inorganique, les grandes lois et subtilités de la nature et de son histoire passée, y compris l'histoire des organismes et de l'homme. Dans ces derniers sont inclus tous les sentiments, les créatures vivantes qui nous entourent, avec leurs plaisirs, leurs espoirs et leurs douleurs, et tous les personnages, nobles et beaux, délicats ou brutaux, passionnés ou ambitieux, qui ont jamais foulé la scène de l'histoire, ou travaillé ou pensé pour nous dans les âges antérieurs. En fait, tout le travail patient et les grandes réalisations de la science, ainsi que toutes les relations émotionnelles des hommes, ont permis l'augmentation quantitative de la vie ; et proportionnellement à cette augmentation, il est suggéré que la vie est devenue éthique. La loi biologique est l'ajustement continu des organismes à l'environnement, et l'augmentation de l'ajustement est l'augmentation de la vie.

C'est peut-être le cas ; mais c'est un déni de l'éthique comme étant contemporaine de la biologie ; cela fait de l'un simplement un résultat tardif de l'autre. Selon ce point de vue, l'éthique est quelque chose qui est survenu au cours du processus et qui nécessite une analyse distincte. Mais nous avons vu que l'augmentation de la correspondance est de deux sortes : elle se produit dans le sens de l'intellect, et elle se produit dans le sens de l'émotion, qu'il s'agisse de sympathie ou d'antipathie. Mais c'est uniquement de cette dernière classe de phénomènes que l'Éthique s'intéresse. L'augmentation quantitative de la vie qui s'identifie à l'augmentation des connaissances n'a aucun aspect éthique. Seules les relations accrues de nature émotionnelle admettent ce terme. En fait, c'est aux seules relations sociétaires qu'elle s'applique. L'augmentation de la vie peut aller dans le sens de l'intellect ou de la reconnaissance des faits et des relations du monde extérieur, et pourtant la vie ne peut jamais être qualifiée d'éthique ; tandis que, d'un autre côté, il peut y avoir peu d'augmentation de l'intellect, mais une grande augmentation des relations éthiques. Par conséquent, l'augmentation de la vie quantitative, considérée comme un mode d'identification de la loi biologique avec la loi éthique, sauf par voie de compréhension dans une classification plus large, échoue en fin de compte parce qu'il n'est pas vrai que l'augmentation des correspondances doive se faire dans une direction particulière. d'augmentation des correspondances émotionnelles : et nous constatons ainsi que l'éthique ne doit pas être affiliée à la ligne principale du progrès biologique, mais à un résultat distinctif de celui-ci, à savoir la relation de l'individu avec son environnement subjectif, c'est-à-dire la société. .

Et ici, il convient que nous prenions note du récit de M. Spencer sur la bonne et la mauvaise conduite, donné au chapitre 3 des « Données d'éthique ». Un bon couteau, un bon pistolet ou une bonne maison le sont en raison de leur capacité à remplir les objectifs pour lesquels ils ont été conçus. Une bonne journée ou une bonne saison sont de nature à satisfaire certains de nos désirs. Un bon braque ou un bon bœuf le sont en référence à certaines de nos exigences. Un bon saut ou un bon coup au billard sont ceux qui permettent d'atteindre les objectifs souhaités. Et les mauvaises choses sont celles qui ne servent pas les fins souhaitées.

M. Spencer étudie ensuite ce qui est éthiquement bon et mauvais, et discute de l'application de ces termes aux actions concernant le bien-être de soi, de sa progéniture et de ses concitoyens. Les actes sont dits bons et mauvais selon qu'ils affectent le bien-être de soi. Il est indiqué ici que les actes sont jugés selon leur degré d'efficacité biologique. Dans la classe suivante, à savoir les actes relatifs à la progéniture, un père et une mère sont à nouveau jugés en fonction de leur efficacité dans ces capacités, bien que l'élément égoïste soit présent à un degré subordonné. "Les applications les plus emphatiques, cependant, des mots "bonne" et "mauvaise conduite" à travers cette troisième division comprenant les actes par lesquels les hommes s'influencent les uns les autres. En maintenant leur propre vie " (lois biologiques) " et en favorisant leur progéniture, les hommes Les ajustements des actes aux fins sont si susceptibles d'entraver les ajustements analogues des autres hommes, que l'insistance sur les limitations nécessaires doit être perpétuelle ; et les méfaits causés par l'interférence des hommes dans les actions vitales des autres sont si grands que les interdits ont été imposés. être péremptoire. »

Le sens général de « bon » et de « mauvais » appliqué aux actions fait donc référence à leur efficacité. Les différences de signification sont dues à la fin recherchée. Les significations s'harmonisent cependant si l'on considère qu'elles sont applicables à différents degrés dans l'évolution de la conduite ; la conduite à laquelle nous appliquons le nom de bonne est la conduite relativement plus évoluée, et « mauvaise est le nom que nous appliquons à une conduite qui est relativement moins évoluée. Cela implique une référence aux trois étapes de l'évolution biologique, l'individu, la progéniture, et la société."

"Enfin, nous avons déduit que l'établissement d'un État associé rend à la fois possible et exige une forme de conduite telle que la vie puisse être achevée en chacun et dans sa progéniture, non seulement sans empêcher son achèvement chez les autres, mais en la favorisant dans d'autres ; et nous avons constaté que c'est la forme de conduite la plus catégoriquement qualifiée de bonne. » [11] De là, M. Spencer déduit la réalisation contemporaine de la plus grande totalité de la vie en soi, et cela est censé justifier l'affiliation de l'éthique à la biologie.

Nous avons cependant déjà montré que l'élargissement des relations entre l'individu et l'environnement subjectif est la relation éthique particulière, et que l'élargissement des relations entre l'individu et l'environnement objectif est non éthique, spécialisant ainsi l'interprétation éthique. de l'élargissement des relations biologiques. Nous devons également remarquer que l'affiliation de M. Spencer entre la biologie et l'éthique se rapporte à un futur idéal lointain et non à un présent réel ou à un passé historique. La loi biologique est l'adaptation de l'individu à son propre environnement particulier, et non l'adaptation de son descendant éloigné et modifié à son environnement éloigné et modifié. Selon l'aptitude de l'individu à se procurer des aliments, qu'ils soient de nature végétale ou animale, et selon ses capacités d'autoconservation ou de défense, tel sera considéré comme biologiquement parfait. Il s'agit là d'une norme relative, individuelle, sans référence à l'environnement subjectif, sauf dans la mesure où cet environnement subjectif assure une fonction interne de sympathie. Mais même dans ce cas, la relation éthique est subordonnée à la relation biologique et est relative à l'individu lui-même et non à un futur descendant idéal. Par ailleurs, la norme biologique est toujours individuelle et singulière et non sociétale.

Nous arrivons donc à la conclusion que le point de vue biologique ne nous fournit aucune théorie éthique. La loi biologique n'est pas la complétude individuelle ; c'est l'adéquation individuelle à l'environnement. Il est vrai que la grandeur individuelle est peut-être la vie la plus complète ; mais lorsque cela n'est pas possible en raison de la nature de l'organisme hérité ou de la nature du milieu, alors la meilleure chose, parce que relativement meilleure, est la conformité au milieu. L'homme qui ne peut pas adapter l'environnement à lui-même s'adaptera prudemment à l'environnement. C'est la loi biologique ; que ce soit la loi éthique est une autre question. La vie quantitative abstraite peut ne pas être accessible ni intellectuellement ni par rapport à l'environnement émotionnel. Par conséquent, l'adaptation la plus habile, compte tenu des fonctions particulières des organismes (qu'elles incluent ou non des sympathies avec l'environnement subjectif), est la loi biologique, bien qu'elle ne puisse pas être considérée comme la loi éthique.

La vie quantitative, vue biologiquement, *c'est-à* -dire individuellement, ne signifie pas une vie quantitative idéale, mais le maximum qu'un organisme individuel peut obtenir. Cela dépend de la nature et des capacités propres de l'organisme, ainsi que de la nature de l'environnement. Que certains descendants puissent un jour avoir d'autres natures et d'autres environnements n'est pas la question. La présence d'un environnement subjectif dans l'environnement affecte l'individu selon la nature de ses propres sentiments : elle l'affecte en premier lieu selon sa possession ou non de sympathie, et en second lieu selon sa position de commandement ou de commandement. servitude.

Si la Biologie prend connaissance de l'Éthique, c'est d'un seul point de vue prudentiel. Cela signifie une reconnaissance des sanctions prévues par les textes légaux ou les lois sociales. En termes de calcul, il prend en compte les conséquences des actes et le comportement varie en conséquence.

Et si nous sommes incapables d'accepter la vision biologique comme identique aux principes fondamentaux de l'éthique, nous ne pouvons pas non plus accepter le corrélatif selon lequel la prépondérance des sentiments agréables est révélatrice d'une vie éthiquement correcte. Car ce critère est encore une fois relatif à l'individu et prescrit la conduite qui lui est la plus agréable. Il n'est éthique que lorsque les conditions environnantes sont telles qu'elles harmonisent le plaisir personnel avec ce qui est également agréable pour l'environnement subjectif – démontrant ainsi l'origine et l'autorité externes ou sociales de l'impératif éthique.

Avant de quitter ce sujet, il serait bon de remarquer la limitation étroite assignée à la relation entre le sentiment et la fonction dans le chapitre sur la vision biologique. Le plaisir y est décrit comme le corrélatif des actes qui maintiennent la vie, et la douleur comme le corrélatif des actes destructeurs de la vie ; et on nous dit que dans ces seules conditions, des créatures sensibles pourraient évoluer. Cela limiterait apparemment la portée de l'évolution des sentiments aux classes d'actions qui sont essentielles à la simple continuation de l'existence. Si le développement des sentiments est coextensif avec le développement des actions essentielles à l'existence, alors le plaisir et la douleur devraient être limités aux sentiments impliqués dans la fourniture de nourriture, la fuite devant des ennemis, la poursuite d'une proie, etc. Si à cela s'ajoute la vision plus large, mais encore inexpliquée, de la biologie, qui fait de l'individu une partie seulement d'un plus grand équilibre mouvant – à savoir l'espèce à laquelle il appartient – alors il y aura une extension du sentiment (c'est-à-dire , du Plaisir et de la Douleur) aux actes nécessaires à la propagation de la race et au soin de la descendance. Mais à ces deux classes de fonctions les plaisirs et les peines humaines ne se limitent pas. Au-delà de ce que l'on peut appeler la croissance essentielle du sentiment, il y a eu une super-croissance du sentiment concomitante à chaque extension des correspondances entre les relations intérieures et les relations extérieures. À l'inverse de l'organisme et de son environnement, s'est développée une vaste extension des connaissances sur les faits extérieurs ; et dans la classification et le raisonnement sur ceux-ci a surgi un vaste intérêt, qui a été agréable en dehors de toute nécessité vitale. Ainsi, dans les arts de la vie, est apparu un plaisir dans l'exercice de l'ingéniosité et de l'habileté manufacturière, bien supérieur aux exigences de la préservation corporelle. Dans la diffusion de l'esthétisme et dans l'appréciation du beau dans la peinture, la statuaire, l'architecture et la décoration en général, s'est manifestée une quantité de goût ou de sentiment, totalement au-delà de toute valeur qu'ils peuvent avoir en tant que « maintien de la vie ». La poésie, la musique, la littérature, ainsi que toutes les autres manifestations les plus élevées de la civilisation, ne sont pas le résultat des nécessités de l'existence, mais une œuvre superposée aux pauvres et simples adaptations qui suffisent à la simple existence. On peut en dire autant de toutes ces belles sympathies de l'homme pour l'homme, de l'homme pour les nobles idéaux de l'humanité, et même de l'amour plus simple et du bon sentiment des natures simples. Nos amitiés, nos admirations, tout ce qui fait de l'homme quelque chose de plus que les simples animaux bruts, est dû à cette croissance plus grande de sentiments au-delà de ce qui est essentiel à la simple continuation de la vie - et si nous devions identifier le plaisir et la douleur simplement aux conditions d'actes qui maintiennent ou détruisent la vie, nous devrions nous faire une conception très inadéquate de leur place dans la vie humaine. Ceci bien sûr étant entendu que la loi biologique implique uniquement la continuité de soi ou la continuité de la race. Que ce soit là le point de vue original de M. Spencer ressort clairement du fait qu'il tire théoriquement la vie de la considération des lois de l'équilibre mobile. Mais si nous adoptons le point de vue plus large (qui ne peut cependant pas être dérivé de la première), selon lequel la vie est une correspondance entre des relations intérieures et des relations extérieures et doit être mesurée quantitativement par l'augmentation du nombre de correspondances, alors bien sûr toute l'appréciation des plaisirs et des peines est changée.

Selon cette dernière vision, l'organisme entre en correspondance avec tous les objets individuels de l'environnement et a non seulement un regard présent, mais aussi un intérêt passé et futur. L'intérêt des esprits plus larges s'étend sur de longues lignes de l'histoire qui mènent aux différentes époques du développement. Dans des mesures étroites d'intérêt familial ou local, le sentiment social s'est d'abord élevé, mais à mesure que le cadre des tribus ou des nations se resserre, les sentiments sociaux acquièrent un intérêt plus large. Les intérêts purement biologiques se sont élargis au moyen d'une croissance interne, de manière à prendre en compte d'autres existences sensibles. L'altruisme devient une partie de l'égoïsme. Nous prenons soin des autres, non pas par contrainte, mais par intérêt naturel. Il n'est pas nécessaire d'entrer dans les causes et les incidents de cette croissance. C'est un simple fait de la nature humaine que les peines et les plaisirs des autres nous affectent beaucoup, et parfois même très vivement.

Nous constatons ainsi que la loi purement biologique, considérée comme l'ajustement d'un équilibre mobile à son environnement, dérivée et illustrée par l'équilibre physique mobile du système solaire, de la toupie, de la machine à vapeur, etc., ne nous permet pas beaucoup de perspicacité dans la théorie éthique, même si les équilibrations ont un concomitant de sentiment. Dans toute approche allant du purement biologique à l'éthique, nos explications reposent sur des facteurs subjectifs efficaces – sur l'interaction d'organismes sensibles et d'organismes sympathiques.

Si nous essayons d'appliquer la loi biologique pour expliquer la super-croissance des correspondances au-delà des nécessités réelles de l'existence continue, et pour expliquer la croissance de la sympathie ou de l'altruisme, nous devons supposer que les forces extérieures ont généré dans l'organisme, les forces internes s'opposent ou s'équilibrent avec lui. Mais cette théorie de l'équilibre mobile, difficile à comprendre et à accepter dans ses applications les plus simples, transcende toutes les capacités de compréhension humaine lorsqu'elle tente de traiter des relations subjectives des organismes et, nous semble-t-il, ne parvient absolument pas à rendre compte de la croissance. de sympathie ou de sentiment altruiste.

L'ALTRUISME DANS L'ÉGOÏSME.

Le fait de l'existence de sentiments altruistes dans la texture de l'Ego a conduit à la théorie selon laquelle toutes les actions altruistes, puisqu'elles découlent de la constitution de l'Ego, sont en réalité égoïstes. Cet argument est irrésistible. Un homme ou une femme gentil et sympathique l'est en vertu de qualités innées, tout comme l'homme égoïste ou brutal. Et si la justification des actions devait dépendre de l'autorité de l'égoïsme naturel, l'un est tout aussi susceptible de justification que l'autre. Si l'éthique dépend de la biologie pour son explication et sa justification, alors, puisque la vision de la biologie est limitée à l'individu et signifie l'ajustement approprié de chaque équilibre en mouvement à son environnement particulier, chacun est capable d'une justification égale et d'une explication similaire. L'égoïsme peut inclure l'altruisme ou non, mais dans les deux cas, l'action est également valable du point de vue de la biologie.

Toutefois, si l'on plaide pour une extension de ce point de vue en s'appuyant sur la théorie selon laquelle une vision rationaliste de toutes les exigences de l'environnement subjectif implique une certaine ligne de conduite afin d'assurer une adaptation appropriée entre l'organisme et l'environnement, ce qui sera alors l'équation de cet organisme, la meilleure adaptation pour le moment - ce sera un aspect supérieur, car un aspect biologique plus étendu de la conduite, et il n'est pas contesté qu'une telle vision de la vie peut être plus ou moins mise en pratique.

Mais ni la vision ego-altruiste, ni la vision rationaliste prudentielle n'atteignent le véritable point de vue éthique de la conduite humaine ; car la croissance altruiste de l'Ego n'est pas universelle, ni de développement égal ; et le motif rationaliste prudentiel est purement égoïste et biologique, et donc opposé au motif altruiste, même s'il existe dans l'Ego.

L'objet principal du présent argument est de montrer que l'explication purement biologique des injonctions éthiques est insuffisante pour comprendre leur caractère impératif. Et pourtant, il est difficile de le dire si l'on veut considérer la biologie comme la loi des actions des organismes. Tout dépend des facteurs inclus dans la généralisation. Si les facteurs sont simplement physiques, alors la généralisation est insuffisante ; si les forces incluses dans l'équilibre en mouvement incluent des forces subjectives capables de se développer en sympathie ou en altruisme, alors les lois biologiques reçoivent peut-être une extension qui les rend capables de déterminer l'ensemble des phénomènes. Mais si le plaisir et la douleur se limitent à des actes qui maintiennent la vie ou à des actes destructeurs de la vie, alors l'influence des facteurs subjectifs se limite au physique, et la super-croissance des correspondances entre l'intérieur et l'extérieur (ce qui est nécessaire pour expliquer le plus grand croissance des sentiments) transgresse les limites étroites de la loi biologique, la loi du simple équilibre entre l'organisme et son environnement.

Il convient maintenant de se poser la question de savoir quel est l'objet de l'enquête éthique. S'agit-il simplement d'une détermination scientifique de l'origine, de la croissance et des variations de l'opinion éthique ? Est-ce une histoire naturelle de la conduite humaine, plus particulièrement de sa partie appelée éthique ? S'agit-il d'une enquête sur l'autorité naturelle de l'injonction éthique ? L'objectif est-il d'établir une autorité éthique, ou de montrer que l'éthique n'a aucune autorité, ou de nous permettre de nous y conformer et de l'administrer intelligemment ? D'une manière générale, s'agit-il d'une enquête scientifique destinée à informer notre esprit, ou s'agit-il d'une enquête visant à faire respecter des injonctions éthiques ?

Il faut présumer que nous visons les deux objectifs. La connaissance doit précéder le pouvoir. La lumière doit passer avant les pas. Du moins, il doit en être ainsi si l'intellect doit gouverner. En fait, l'éthique n'est pas tant un système de conduite raisonné qu'un système élaboré sur lequel on raisonne ensuite. La moralité a été l'équilibre, la croissance et le contrepoids d'individus subjectifs et sympathiques. Puis il est devenu quelque chose sur lequel raisonner, à modifier par la raison dans l'application à des fins plus lointaines et à des ensembles plus vastes des principes dont il était issu. Mais il n'appartient pas à la raison de supplanter ces principes, ni d'affaiblir leur autorité, ce qu'elle ne pourrait d'ailleurs pas faire, car les forces qui ont produit la moralité sont toujours présentes pour la soutenir et, en fait, acquièrent d'âge en âge une force croissante.

NOTES DE BAS DE PAGE :

[9] Données d'éthique, p. 78.

[10] Idem, p. 78.

[11] Idem, p. 25.

CHAPITRE IV.
LA VISION SOCIOLOGIQUE.

Nous entrons maintenant dans l'étude de l'éthique proprement dite. Malgré la tentative de M. Spencer au début du chapitre d'identifier le « mode de vie juste » avec le principe biologique universel selon lequel « Compte tenu de son environnement et de sa structure, et il existe pour chaque espèce de créature un ensemble d'actions adaptées dans leurs types, montants, et des combinaisons pour assurer la plus haute conservation que sa nature permet", il n'en reste pas moins que l'impératif éthique est tiré de l'environnement social et ne peut pas être dérivé de l'adaptation à l'environnement, à moins que l'environnement ne soit d'un caractère subjectif exigeant une adaptation à lui. en tant que tel. M. Spencer considère qu'« il existe une formule possible pour l'activité de chaque espèce, qui, si elle pouvait être élaborée, constituerait un système de moralité pour cette espèce », bien qu'« un tel système de moralité n'aurait que peu ou pas de référence ». au bien-être des autres que de soi et de sa progéniture. » Nous ne pouvons pas admettre que la formule des activités d'un ver par lesquelles il maintient son existence soit une formule de moralité ; nous ne pouvons pas non plus admettre que l'huître qui vit le plus longtemps soit la plus morale des huîtres. Les systèmes de moralité qui se rapportent au seul bien-être de soi et de sa progéniture sont dans ce dernier cas, il est vrai, d'un caractère très limité, et lorsqu'ils se limitent entièrement au soi, il semblerait que nous perdions toute qualité éthique. Nous trouvons continuellement dans l'exposé de M. Spencer que, malgré sa tentative d'associer l'éthique à la loi biologique, ce n'est que dans la corrélation accrue des individus subjectifs que l'éthique surgit, et c'est seulement la modification de l'individu par la société et l'ordre mental. ou des croissances émotionnelles chez l'individu résultant de l'action de l'environnement social, qui constituent la base de l'éthique.

Il est vrai que, puisque la société est composée d'individus, la nature et la constitution des unités doivent être considérées dans leur interaction mutuelle, et donc l'étude doit avoir une base biologique : mais quand il s'agit de considérer l'action particulière du composé environnement social sur l'individu, l'étude ne peut pas être considérée à juste titre du point de vue purement biologique, ni être incluse dans la formule de la vie individuelle. En ce qui concerne l'environnement social, M. Spencer dit : « Ce facteur supplémentaire dans le problème de la vie complète est, en effet, si important que les modifications de conduite nécessaires en sont venues à former une partie principale du code de conduite. Les désirs qui se rapportent directement au maintien de la vie individuelle sont assez adaptés aux exigences, il n'a pas été nécessaire d'insister sur cette conformité à ces désirs qui favorise l'auto-conservation. Inversement, parce que ces désirs suscitent des activités qui entrent souvent en conflit avec les activités des autres, et parce que les sentiments qui répondent aux revendications des autres sont relativement faibles, les codes moraux mettent l'accent sur les restrictions de conduite qu'implique la présence d'autrui. Du point de vue sociologique, l'éthique ne devient donc rien d'autre qu'un compte rendu précis des formes de conduite adaptés à l'État associé, de telle sorte que la vie de chacun et de tous soit la plus grande possible, en longueur et en largeur. Mais ici nous nous trouvons devant un fait qui nous interdit ainsi de mettre au premier plan le bien-être des citoyens, pris individuellement, et nous oblige à mettre au premier plan le bien-être de la société dans son ensemble. La vie de l'organisme social doit, en tant que fin, se placer au-dessus de la vie de ses unités. Ces deux objectifs ne sont pas harmonieux au départ, et même si la tendance est à leur harmonisation, ils sont encore partiellement contradictoires. » [12]

La difficulté évoquée vient du fait que la société humaine n'est pas un tout bien ordonné, mais qu'elle a été dès le début et est toujours divisée en de nombreuses nations ayant des intérêts contradictoires : d'où il résulte qu'il n'y a pas une homogénéité complète. de devoir entre homme à homme lorsque, par exemple, il existe un état de guerre.

Si maintenant nous reconnaissons l'éthique comme la règle de vie imposée par la société à l'individu, nous devrons reconnaître de grandes variétés de règles, selon la nature et les objets de la société particulière imposant la règle, selon l'état de développement auquel cette règle est atteinte. La société est arrivée, et selon la nature de l'environnement.

La domination d'un club sur les individus qui le composent, la domination d'une église sur ses membres, la domination de tout groupe d'hommes sur ses unités constituantes sont fondées sur le principe éthique, aussi insignifiants ou aussi sérieux que puissent être les objets de l'association particulière. être. Ces sanctions ou éloges sociaux légers ou importants qui remplissent le cours de la vie quotidienne dans les affaires, à l'atelier, dans les relations sociales - les jugements familiers des compagnons ou des contemporains - sont tous des évaluations éthiques de la conduite. Si légères que soient certaines d'entre elles, elles n'en sont pas moins des représentations d'opinions sociales. L'homme est encerclé de toutes parts par des forces limitant son action à certaines lignes de conduite, et cette pression sociale est autant la base des commandements ou interdits éthiques les plus puissants que des influences les plus éphémères. La seule différence réside dans l'importance de la manière dont les diverses actions affectent le bien-être général. Mais c'est ce que nous aurons l'occasion de traiter ci-après avec plus de détails. Tout dépend cependant du degré plus ou moins grand dans lequel cela affecte le bien-être de l'organisation temporaire, le bien-être de la famille ou le bien-être de la communauté permanente dont l'individu fait partie.

Mais il est évident que, à mesure que le stade de développement diffère et que les nations diffèrent dans leur environnement, les normes de conduite seront différentes selon les moments et les lieux. Et donc, encore une fois, il y aura différentes normes morales pour différents objectifs. Il faut le reconnaître immédiatement.

D'où les questions : quelle peut être l'obligation d'une morale relative ? et — N'existe-t-il pas de morale absolue avec ses impératifs universels dans l'espace et dans le temps ?

Nous réservons la question de la moralité absolue : en attendant, nous bornons nos considérations à l'étude de l'influence de la société sur les individus. Ceci est révélé dans une étude de sociologie.

Vivre ensemble dans un état social nécessite certains devoirs négatifs et, éventuellement, positifs.

« Que les membres d'un groupe social coopèrent ou non, certaines limitations à leurs activités individuelles sont nécessitées par leur association ; et après avoir reconnu que celles-ci surviennent en l'absence de coopération, nous serons mieux préparés à comprendre comment la conformité à ces règles s'effectue lorsque la coopération commence. [13]

« Quelle forme donc doivent prendre les restrictions mutuelles lorsque la coopération commence ? ou plutôt, quelles sont, outre les restrictions mutuelles primaires déjà spécifiées, les restrictions mutuelles secondaires nécessaires pour rendre la coopération possible ? La réponse sera plus claire si nous prenons les formes successives de coopération dans l'ordre de complexité croissante. Nous pouvons distinguer comme coopération homogène (1) celle dans laquelle des efforts similaires sont réunis pour des fins similaires dont on jouit simultanément. Dans une opération qui n'est pas complètement homogène, nous pouvons distinguer (2) celle dans laquelle des efforts similaires sont réunis pour des fins similaires dont on ne jouit pas simultanément. Une coopération dont l'hétérogénéité est plus nette est (3) celle dans laquelle des efforts dissemblables sont réunis pour des fins similaires. Et enfin vient la coopération résolument hétérogène, (4) celle dans laquelle des efforts différents sont réunis pour des fins différentes. [14]

La réalisation sociale atteint son plein développement dans ce dernier cas.

"Ce n'est donc que par un accord volontaire, non plus tacite et vague, mais ouvert et défini, que la coopération peut se poursuivre harmonieusement lorsque la division du travail s'établit. Et, comme dans la coopération la plus simple, où des efforts similaires sont joints pour obtenir un bien commun, l'insatisfaction provoquée chez ceux qui, après avoir dépensé leur travail, n'obtiennent pas leur part du bien, les pousse à cesser de coopérer ; comme dans la coopération plus avancée, obtenue par l'échange de travaux égaux de même nature. dépensé à des moments différents , l'aversion pour la coopération est générée si l'équivalent attendu du travail n'est pas rendu ; ainsi, dans cette coopération développée, l'incapacité de l'un de l'autre à céder à l'autre ce qui était ouvertement reconnu comme de même valeur que l'autre. le travail ou le produit donné, tend à empêcher la coopération en suscitant le mécontentement à l'égard de ses résultats. Et, de toute évidence, tandis que les antagonismes ainsi provoqués entravent la vie des unités, la vie de l'agrégat est mise en danger par une cohésion diminuée.

"Mais nous devons maintenant reconnaître que le respect complet de ces conditions, originales et dérivées, ne suffit pas. * * * * Si personne ne faisait pour ses semblables autre chose que ce qui est exigé par la stricte exécution du contrat, les intérêts privés en souffriraient. " de l'absence d'attention aux intérêts publics. La limite de l'évolution de la conduite n'est par conséquent pas atteinte tant que, au-delà de la prévention des dommages directs et indirects à autrui, il y a des efforts spontanés pour favoriser le bien-être d'autrui. "

Le point mis en évidence ici est la pression sociale de la société sur l'individu, afin de garantir que les actions de l'individu ne sont pas, en premier lieu, contraires à son bien-être, et en second lieu, sont subordonnées à son bien-être. Mais, bien entendu, puisque la société est composée d'individus, cette pression ne doit pas être de nature à détruire le bien-être des individus qui composent la société, car cela irait à l'encontre de ses propres objectifs.

Il est facile de déduire, à partir de ce principe, quelles actions seraient condamnées et quelles actions seraient louées aux différentes étapes du développement humain. Les injonctions les plus fortes correspondraient aux exigences fondamentales de l'existence et enjoindraient le caractère sacré de la vie au sein de la communauté. Les relations familiales viendraient ensuite par ordre d'autorité. Les garanties de propriété de toutes sortes recevraient très tôt une reconnaissance éthique. Des éloges seraient accordés aux hommes dont les actions étaient correctement limitées à ces égards. Aux premiers stades du développement, le lâche était condamné, tandis que le guerrier qui avait bien contribué à la protection de la communauté était loué. Ainsi, de diverses manières, les actions des hommes recevaient des éloges ou des reproches, selon qu'elles contribuaient au bien-être ou à la souffrance de la communauté existante.

NOTES DE BAS DE PAGE :

[12] Données d'éthique, p. 133.

[13] Données d'éthique, p. 139.

[14] Idem, p. 140.

CHAPITRE V.
L'IMPÉRATIF ÉTHIQUE.

Nous avons ainsi vu que l'origine et l'autorité de l'Éthique se trouvent dans la Sociologie ; mais laisser l'enquête s'arrêter ici ne revient qu'à moitié à comprendre la nature et le caractère impératif des obligations éthiques en matière de conduite. Nous considérons que la théorie éthique de M. Spencer souffre de son mode d'exposition. Nous devrions être disposés à aborder la question dans l'ordre inverse et, au lieu de rechercher une autorité éthique sur des bases individuelles ou biologiques, aboutissant à une sociologie éthique, à reconnaître immédiatement l'origine et l'autorité sociologiques de l'obligation éthique et à nous efforcer de le comprendre en détail par une étude subordonnée des exigences biologiques et des croissances psychologiques.

Le fait principal qui sous-tend toute éthique est l'existence d'une société composée de facteurs subjectifs, de facteurs possédant des sentiments et des capacités de raisonnement. La notion fondamentale en éthique est la régulation du comportement mutuel de ces facteurs. C'est la voix du million contre la voix de l'unité qui décide du devoir de l'unité. C'est la voix de l'individu contre la voix de la société qui revendique un changement d'opinion. C'est la voix des individus à d'autres individus précisant le devoir général. D'une manière générale, il s'agit de la revendication de devoirs envers d'autres individus sur l'Ego. Mais il résulte de l'universalité de la revendication qu'il y a réciprocité des revendications, et que les devoirs qui sont exigés doivent en même temps être reconnus. Le principe peut être facilement accepté comme théoriquement correct, et de nombreux droits et devoirs généraux peuvent être facilement déduits comme corollaires, mais au-delà de ces règles générales, les problèmes éthiques doivent plutôt être élaborés que réfléchis - dans les domaines les plus importants pour les sociétés au cours de leur ascension. croissance, dans des domaines plus petits, par les individus au moyen d'ajustements et de réajustements innombrables. Je fais ceci ou cela en violation d'une loi sociale acceptée. Je suis condamné et je suis si généralement mal à l'aise à cause des sanctions sociales que je suis contraint de me conformer ou, sinon, la société modifie son opinion en reconnaissant mon droit de faire ce que j'ai fait.

Mais alors la question se pose : sur quel principe les jugements éthiques devraient-ils être formés ? Puisque la société exige l'accomplissement de certaines actions, alors qu'elle interdit l'accomplissement d'autres, et que son objectif est la complétude biologique de chacun des individus, quels sont les principes sur lesquels elle détermine les contraintes et impose les injonctions pour ne pas interférer trop de libertés individuelles ? Ce principe trouve une très bonne expression dans la formule de M. Spencer.

Tout le problème se présente à nous lorsque nous devons considérer les prétentions relatives de l'égoïsme et de l'altruisme, problème magnifiquement exposé par M. Spencer, dans les chapitres intitulés « Égoïsme contre altruisme », « Altruisme contre égoïsme », « Essai *et* compromis » . » et « Conciliation ». S'agissant d'un ouvrage purement critique, à lire uniquement en relation avec l'ouvrage critiqué, nous ne nous sentons pas appelés à rendre compte de ces chapitres. Nous affirmons simplement notre acceptation corporelle, les réserves que nous ferions portant uniquement sur certains détails de l'exposition. Nous devrions les réimprimer ici afin de rendre cet ouvrage complet dans son argumentation, mais il est plus simple de demander à l'étudiant d'interrompre sa lecture de cette critique par une relecture des chapitres évoqués.

* * * * * *

Après avoir lu le traitement du problème par M. Spencer, la question demeure : l'impératif éthique est-il simplement un impératif externe, dicté par une considération prudentielle des exigences de l'environnement social ? La réponse doit être négative ; il existe une autorité morale interne qui donne aux actions leur gloire éthique, leur délicatesse poétique, leur appréciation qualitative, à tel point qu'il existe des noms dans l'histoire passée qui restent toujours au premier plan de la mémoire des hommes, sanctifiés et ennoblis dans leur imagination pour tous. temps, en raison de la gloire éthique de leur vie et de la manière dont leur exemple fait appel à de larges sympathies en nous. De la même source intérieure naît la haine des actes ignobles et cruels, la haine des actes injustes et tyranniques, et l'horreur des hommes et des femmes qui les commettent. Le même sentiment intérieur couvre l'individu lui-même de honte et de remords pour les actes indignes commis, dont une mémoire toujours présente ne souffre aucune libération.

L'histoire naturelle de la croissance de cette autorité interne est l'histoire de l'action de l'environnement subjectif sur l'individu subjectif. La compréhension de cette croissance relève de la compétence de la psychologie dans les deux formes d'évolution émotionnelle et d'évolution intellectuelle telles que présentées par M. Spencer au chapitre vii des « Données de l'éthique », l'élargissement du nombre de sympathies avec l'environnement subjectif. passé, présent et futur — et l'élargissement du nombre de correspondances avec l'environnement objectif dans l'espace, le temps et la généralité. Nous nous intéressons plus particulièrement à cette branche qui traite de la croissance des émotions. La vision purement biologique concerne l'individu et sa propre existence personnelle. Mais le soin de la progéniture, découlant de quelque nécessité incompréhensible pour la survie de l'espèce, et accompagné d'une reconnaissance de leur caractère subjectif, produit des actions, compte tenu de leurs effets sur la subjectivité de la progéniture, d'une nature régulatrice, coercitive ou caractère dissuasif. De plus, selon une loi mal comprise, les sympathies qui existent sans aucun doute entre les organismes ont conduit à reconnaître les souffrances des autres comme des souffrances égoïstes, et les plaisirs des autres comme des plaisirs égoïstes. Ainsi, l'altruisme est devenu dès le début, *dans une certaine mesure* , une forme d'égoïsme, et l'action de l'Ego dans son environnement subjectif avait un caractère régulateur parmi ses descendants. Une extension et une modification de cette action s'ensuivirent sur un environnement social composé de relations plus lointaines, ou uniquement tribales. Néanmoins, l'évolution psychologique a amené les sympathies à inclure progressivement des reconnaissances tribales et nationales, et finalement humanitaires. La croissance de l'éthique et la croissance du sentiment éthique sont donc considérées comme une croissance naturelle et non comme la simple solution d'un problème intellectuel. La justification du sentiment éthique est qu'il existe. La justification de tout code de moralité est qu'il existe. Mais la modification du code de moralité trouve sa justification dans des conditions changeantes. Le caractère changeant de ce dernier n'enlève rien au caractère essentiel du premier, mais il l'atteste. C'est la cour d'appel pour le maintien des codes existants, et pour le jugement des changements imminents. Nous ne pouvons donc pas nous retourner et dire — comme nous pourrions être tentés de le faire lorsque nous découvrons la relativité de la morale et son origine dans une obligation extérieure — « L'éthique n'est qu'un puzzle intellectuel, qu'un contrat social dans lequel je peux ou non entrer. comme je veux." Si un homme adopte une attitude hostile envers la société, il porte tort à sa nature d'homme ; et si un philosophe ou un égoïste coupe la sympathie humaine dans le but de mener une vie purement prudente, il devient quelque chose de moins qu'un homme, il perd la pleine fonction et la joie de vivre. Néanmoins, il faut reconnaître qu'il existe des hommes qui ont mutilé leur nature émotionnelle au point de mener une vie assez satisfaisante dans les limites étroites de leurs désirs égoïstes. Pour eux, l'obligation éthique est uniquement externe et l'obligation interne est un minimum. Tel peut être le cas. Il y a des hommes qui agissent en contradiction avec la voix de la société et qui ne se repentent pas. La société doit s'occuper de ces hommes du mieux qu'elle peut. Le problème éthique n'intéresse que ceux qui s'en sentent obligés, ou le philosophe qui étudie la nature humaine dont il est une caractéristique.

Considérée comme une question pratique, aucune théorie philosophique ne pourra conférer la force de conviction à un homme bestial, brutal, sordide et égoïste. Celles-ci nécessitent des sanctions matérielles contre les administrateurs de la loi, la force personnelle et la coercition sociale. Et même dans ce cas, il subsiste d'importantes classes criminelles dans chaque communauté. L'étude du problème éthique s'adresse à ceux qui reconnaissent une obligation éthique et recherchent des conseils ou des orientations. L'obligation éthique interne n'est pas de raisonner un homme. Il doit devenir un enfant. Cela doit être fait par des actions et un comportement qui suscitent l'amour, par une conduite juste et attentionnée, bien jugée selon les principes éthiques. Et c'est là que réside l'utilité de l'étude. L'exemple et les injonctions dans les exigences quotidiennes constituent la base de l'influence que peut exercer l'éducation. Un jugement discriminant des actions contemporaines et des histoires passées tend à développer une véritable discrimination des qualités des actions.

Mais au-dessous et en parallèle de tout cela, il faut reconnaître — comme le reconnaît si bien M. Spencer — l'enregistrement, comme il le dit, des émotions et des capacités mentales dans les constitutions héritées des organismes. Ce qui est la leçon d'une époque est devenu la faculté innée d'une époque suivante. Il existe des tendances naturelles héritées par les individus de leurs ancêtres, et le progrès social perpétuel tend à la production graduelle d'individus de plus en plus adaptés à l'état social par la possession de sympathies pour autrui et le sentiment intérieur d'obligation morale. De plus, ces individus naissent et grandissent sous l'influence d'un état social de plus en plus imprégné par la reconnaissance du bien de la société comme prévalant à juste titre sur le destin de l'individu.

L'impératif éthique doit donc être considéré comme une croissance interne chez un individu subjectif provoquée par l'évolution psychologique dans le progrès continu à la fois de l'augmentation des correspondances sympathiques et des correspondances intellectuelles avec l'environnement subjectif, et dans la transmission héréditaire de ces mêmes correspondances. , et leur perpétuation et modification au moyen de l'éducation et de la formation induites par la pression sociale actuelle, particulière et générale ; laquelle pression sociale subit elle-même un changement constant mais progressif dans son incidence et sa tendance. L'impératif éthique est donc en partie interne dans la mesure où chaque individu est animé par des sympathies sociétales et un respect émotionnel pour les idéaux humanitaires, ou dans la mesure où il entretient de nombreuses relations spéciales et personnelles bienveillantes avec son environnement. Mais dans la mesure où un homme est dépourvu de ces possessions sympathiques, plus il est libre des obligations de l'impératif éthique interne, et plus il se rapproche des états évolutifs inférieurs de l'objet inanimé ou de la bête. de la forêt, le poisson insensible qui regarde dans le vide dans les réservoirs d'un aquarium, ou un moteur auto-alimenté qui n'est qu'une forme un peu moins développée d'un équilibre en mouvement. Pour ceux-là, il ne reste que l'obligation prudentielle externe de se conformer à la pression sociale sous ses diverses formes de loi, de coutume ou d'opinion publique, ou au mécontentement ou aux éloges diversement exprimés des voisins auxquels il serait sage de se conformer. C'est pour eux le seul impératif éthique.

Aucune théorie raisonnée de la moralité absolue ne confère à aucune des deux classes la moindre force d'obligation ou la moindre compréhension des détails du devoir. Et ici, il conviendra de rechercher si M. Spencer lui-même attache à la moralité absolue un quelconque pouvoir en tant qu'impératif éthique. La moralité absolue dans le traitement de M. Spencer n'est qu'une conception d'une conduite idéale dans un état idéal de société. Nous devons concevoir un état de société au plus haut degré complexe, composé d'individus exerçant toutes les diverses occupations nécessitées par la subdivision du travail du plus bas au plus haut, dans lequel chaque individu peut encore exercer ses fonctions de manière telle . manière à assurer le plus haut degré de bonheur personnel, et en même temps à promouvoir le plus grand bonheur de la société dans son ensemble.

Un tel état idéal engloberait des individus de tous âges, depuis l'enfance jusqu'à l'extrême vieillesse, et ne saurait exclure les invalides et les mutilés, car on ne peut pas supposer que des équilibres mouvants soient capables de développer des forces internes de manière à les préserver intacts du changement. effets des tempêtes, des explosions et d'autres phénomènes naturels, et comme cela fait partie de la théorie de l'équilibre mobile de supposer que les organismes ne sont que des équilibres temporaires en route vers un équilibre final dans un état de repos, il est nécessaire de supposer qu'ils le seront. être toujours sujet à la maladie et à la mort. Il est donc probable que la société comprendrait de nombreux malades organiques, et il est difficile d'imaginer un état de société qui serait entièrement exempt de troubles mentaux à divers degrés de défaut, d'excès ou d'aberration. Néanmoins, on nous demande de concevoir un état d'équilibre parfait au sein d'une société composée d'individus hétérogènes à divers stades d'équilibrage, et on nous dit qu'une conception appropriée et complète de ce caractère nous fournirait un code de moralité absolue. Mais il est tout à fait clair que l'hypothèse utopique de M. Spencer est le résultat d'un espoir né de grandes sympathies humaines plutôt que d'un avenir réalisable, assorti d'un impératif éthique.

Ainsi, on suppose que les normes actuelles de moralité sont extrêmement imparfaites et ne forment que de faibles préfigurations d'un idéal futur, ou en tout cas, qu'il existe une moralité absolue qui règne à travers tous les âges et qui constitue l'autorité pour les approximations de chaque époque. . Mais si nous réalisons suffisamment la notion fondamentale de la biologie comme celle de l'ajustement le plus complet de l'organisme à son environnement, y compris accessoirement l'ajustement du milieu à l'organisme, nous devons reconnaître que la morale la plus parfaite est la meilleure adaptation de l'individu à son environnement. son environnement dans la société à laquelle il appartient. Ainsi, la moralité la plus parfaite est le meilleur ajustement relatif, et non la conformité la plus proche à un idéal adapté à un état de société parfait. La règle biologique est plus fondamentale que toute autre, suivie par la vision sociétale ; et son idéal de moralité est la perfection de l'ajustement effectif parmi les individus des sociétés existantes afin d'assurer le plus grand bonheur de chacun. Ainsi, comme il y a des vies supérieures et des vies inférieures, il y a des moralités supérieures et des moralités inférieures, mais elles sont justifiées par leur perfection relative quantitative, et non par leur approche de la moralité absolue, et elles ne tirent pas leur obligation éthique de cette dernière source. .

C'est à cause du développement des conceptions psychologiques que l'homme est troublé par le fardeau de tant d'idéaux. Loin de nous l'idée de nous détourner des nobles objectifs, mais il est nécessaire de noter l'origine et la nature des idéaux moraux et de leur attribuer la place qui leur revient. Ils naissent des sympathies croissantes de la race et de son intelligence toujours plus grande ; plus particulièrement, ils surgissent dans l'esprit des penseurs et des étudiants de l'humanité en ce qui concerne les agrégations continues de tribus et de nations d'hommes lorsqu'ils abordent le problème pratique de savoir comment ils doivent vivre ensemble sans empiéter indûment sur les droits de vie et de jouissance des uns et des autres. Ceux-ci devaient nécessairement former pour eux-mêmes des idéaux pratiques, mais des idéaux d'une certaine sorte – des idéaux plus ou moins impérieux selon qu'ils affectaient les éléments essentiels d'une existence agréable ou qu'ils affectaient des interactions de moindre conséquence. La croissance des sympathies individuelles a continuellement donné une plus grande portée au jugement des actions personnelles, et la diffusion de l'intelligence a assuré l'acceptation de lois plus générales d'exigences régulatrices de la part de la société. L'autorité de certaines des lois ainsi reconnues semblait finalement être dans la nature des choses et être indépendante et absolue dans son caractère impératif. Les lois considérées comme essentielles à l'existence même de la société étaient considérées comme éternelles et vraies indépendamment de la société. Mais cela apparaît à la fois comme une fausse notion et seulement comme une manière particulière de représenter les lois les plus essentielles de la moralité relative. Pas d'hommes, pas de morale ! L'immoralité est un péché, non pas contre les principes éternels du droit, mais contre les principes de fonctionnement pratiques qui co-évaluent avec la société humaine.

Établir une moralité parfaite, un code idéal, qui peut exister dans un état idéal de société, mais qui a peu de chances de se réaliser jamais comme règle de conduite actuelle, c'est établir un système non seulement impraticable, mais faux. puisque la seule vraie norme est la norme sociologique relative fondée sur le principe historique d'ajustement.

Peut-être, cependant, même à partir de ce principe, nous arrivons au même point, car en résolvant le problème de savoir comment assurer à chacun sa juste part de vie heureuse, nous sommes obligés d'établir certaines lois fondamentales protégeant l'individu contre les dommages dans le monde. plein exercice de ses facultés, et nous sommes obligés d'imposer à la société dans son ensemble et à chaque individu certains devoirs positifs d'assistance envers les individus, étant membres de la communauté. Néanmoins, l'idéal proposé à chaque génération est celui dont elle est réellement capable, et non un idéal fantaisiste qui dépasse ses forces. Et nous imaginons que la condamnation radicale des idéalistes religieux et moraux en inculquant le sens du péché, de l'imperfection et de l'incapacité d'atteindre, que nécessite la prédication de normes absolues aussi élevées, fait du mal.

Il ne fait aucun doute que l'inculcation d'idéaux élevés attise l'enthousiasme de la jeunesse et soutient l'effort viril. Mais parfois, la non-atteinte d'idéaux impossibles nuit à l'effort visant à atteindre des perfections relatives possibles et nous amène à sous-évaluer et à négliger les bonnes qualités qui existent réellement en nous-mêmes et chez nos semblables. L'"unco guid" peut réprimer autant qu'il peut développer, car les idéalistes ont fait plus de péchés, et donc de pécheurs, que ne le justifient les adaptations de la société.

Néanmoins, la conception psychologique d'un homme idéal dans un état idéal est des plus fascinantes, aussi bien pour le philanthrope dont le cœur s'ouvre à toute l'humanité que pour le philosophe qui vise la perfection absolue de la théorie morale ou politique. Il y a des hommes et des femmes de nobles et douces sympathies qui visent à faire de chacun son petit monde idéal autour de lui, et ainsi à faire lever la masse générale et à aider le mouvement vers le grand idéal. Les poètes ont chanté et chanteront à travers tous les âges cet âge d'or, et les philosophes, consciemment ou inconsciemment, l'ont pour motif dominant dans tous leurs écrits. Les hommes d'État des cercles mineurs d'envergure pratique ne font qu'œuvrer dans ce sens, et le cœur tout entier de l'humanité regorge d'espoir en un temps où les troubles cesseront et où un sort supportable, sinon heureux, sera le bonheur de tous.

L'impératif éthique semble donc avoir une double origine. Il a une autorité externe dans l'imposition de règles de conduite coercitives, entraînant avec elles des pénalités ou des récompenses sociales, dont le degré varie selon la manière essentielle ou insignifiante dont les actions affectent la vie d'autres individus, et encore une autorité externe dans l'action sympathique. des organismes subjectifs environnants sur les organismes subjectifs pour susciter et attiser une réponse sympathique. Il a également une autorité interne dans les sympathies qui, par une loi de la nature, grandissent dans le moi envers les moi environnants dans la manifestation de ses diverses caractéristiques subjectives.

Ainsi, l'impératif éthique est une croissance chez l'homme. C'est aussi une éducation qui lui est imposée, et c'est encore une pression sociale extérieure accompagnée de récompenses et de punitions. L'impératif éthique interne n'existe pas pour tous les hommes, et c'est à eux qu'il faut appliquer la pression sociale sous des formes plus ou moins manifestes de mépris, de dénonciation et même de régime alimentaire limité, de murs froids et renfrognés des prisons et de travail ingrat. C'est à cette fin que le législateur travaille également à éliminer les obstacles à la vie et à promouvoir l'éducation. Le philanthrope encourage avec douceur les faibles efflorescences des sympathies humanitaires. Les écoles du dimanche et les chaires imposent plus ou moins sérieusement les obligations morales. Les parents suscitent l'amour et la sympathie des enfants, et parmi les frères, sœurs et compagnons, l'enfant apprend d'abord la leçon du devoir mutuel et de l'entraide. Parfois, dans l'histoire du monde, surgit un prophète en qui le sentiment humanitaire s'est concentré à un degré décuplé, et il parle d'une voix qui se répercute à travers les avenues du temps, appelant une réponse aux cordes sensibles du cœur de l'humanité. nations.

———————————————

CHAPITRE VI.
Systèmes d'éthique.

M. Spencer prétend très justement que son système donne un sens et une autorité nouveaux à tous les systèmes d'éthique et théories de l'action humaine antérieurs. Dans son système, ils s'harmonisent tous. Leurs contradictions disparaissent lorsqu'on découvre qu'ils font tous partie d'un même consensus de vérité. Nous allons procéder à l'examen dans l'ordre de certaines de ces théories antérieures dans leurs relations avec celle qui est maintenant proposée.

L'idée selon laquelle la société est un pacte ou un contrat, même si elle est essentiellement fausse, puisque la société est une croissance et non un partenariat résultant de négociations, est néanmoins vraie dans le sens où les hommes ont dû renoncer à leurs libertés biologiques individuelles ou à leurs égoïsmes pour entrer dans le monde. scène sociale. Il n'y a jamais eu de marchandage conscient, mais il y a eu un nombre infini d'accords tacites sur les ajustements sociétaires et individuels qui ont finalement abouti aux sociétés bien ordonnées des temps modernes.

L'école intuitive des moralistes trouve les intuitions quant à ce qui est bien et mal, et plus particulièrement le sentiment du bien et le sentiment du mal, justifiés et établis dans le fait de la croissance du sentiment en général comme élément essentiel de l'histoire biologique. et dans l'établissement historique de la croissance interne des sentiments moraux transmis de génération en génération. La validité et l'autorité sont données aux principes moraux par le fait même de leur force existante et de leur adéquation reconnue aux circonstances sociales. L'indignation ou l'admiration naturellement ressentie par l'homme face à certaines actions est justifiée *a priori* , et en dehors de toute opinion raisonnée sur leur portée. En réalité, la louange et le blâme ne sont pas très affectés par la raison. La passion et l'enthousiasme s'expriment spontanément et indépendamment. Sans réfléchir, un froncement de sourcils involontaire et une réprimande acerbe, voire un coup précipité, surviennent. Sans réfléchir, viennent l'expression de tristesse et de sympathie, l'éclat de l'éloge, le sourire approbateur, le mot élogieux, venant directement du cœur et de la sympathie du spectateur partageant les mêmes idées. La raison peut débattre sur des détails, elle peut rejuger les expressions spontanées des sympathies, elle peut guider et diriger, mais elle ne prête jamais à louer sa chaleur, ni à condamner sa sévérité. Celles-ci sont purement instinctives, et la raison les justifie dans la détermination de leur origine et de leur croissance. Il existe une conscience intuitive qui a été développée par l'évolution. L'ajustement des organismes, la croissance des sentiments, l'acquisition de sentiments altruistes ou sympathiques dans un environnement d'individus subjectifs ont développé non seulement des ajustements sociaux, mais aussi des sentiments chez les individus, par rapport à ces ajustements sociaux qui composent une conscience ou une intuition . Jamais encore une telle conscience ou intuition ne pourrait entièrement et d'elle-même enseigner à un homme l'action morale. La conscience présuppose pour son actualisation la présence de son environnement. Cela a besoin d'éducation, d'encouragement et d'instruction. La société est une existence continue. L'enfant né dans une société non seulement hérite de ses dispositions, mais reçoit dès le premier abord ses préjugés, est soumis à ses injonctions et est formé à ses habitudes. L'intuition n'est qu'une partie de la vérité. Pourtant, bien qu'elle puisse être développée par l'éducation et guidée par la raison, il n'y a aucun doute quant à son existence et quant au fait qu'elle donne le goût de la louange, l'acuité de la condamnation et le caractère poignant du remords.

L'opinion selon laquelle l'éthique peut être expliquée par l'égoisme est très imparfaite et ambiguë. Car de quoi parle-t-on de l'Ego, et de quoi consiste-t-il ? La vision qui fait de l'égoisme la règle de la vie, et qui, selon certains, pourrait constituer la justification ultime de l'éthique, est identique à la vision biologique dont nous avons déjà discuté. Sans doute l'égoisme est-il la règle de vie prise dans son sens le plus large. Sans aucun doute, l'ajustement de l'Ego à la société, et de la société à l'Ego, est la règle de vie. Mais l'égoisme ne devient éthique que lorsqu'il inclut, par ordre de croissance, l'amour de la progéniture, l'amour de la famille, l'amour du prochain, le respect de la tribu, de la nation ou de l'humanité dans son ensemble. À mesure que l'égoisme perd son étroitesse, à mesure qu'il perd son souci exclusif de la continuité personnelle et se retrouve possédé d'affections pour autrui et de considérations altruistes, il devient de moins en moins égoiste. C'est une question de logique hachée que de dire que son action est encore essentiellement égoiste, si elle fait du bien aux autres, parce qu'il fait partie de sa propre nature de faire du bien aux autres, et qu'elle le fait pour satisfaire ses propres désirs égoistes. Cela prouve seulement que l'égoisme est la règle de la vie, mais ne l'établit pas comme la règle de l'Éthique, ce qui est bien différent. La règle éthique s'est révélée au cours de l'enquête comme étant, premièrement, l'ensemble des injonctions que la société impose à l'individu ; et, deuxièmement, la conscience qu'une société d'individus subjectifs cultive dans chaque Ego séparé, toutes deux découlant de la croissance de la sympathie altruiste dans l'organisme subjectif qui compose la société. Dire que lorsque les hommes agissent de manière éthique, ils agissent par égoisme, c'est simplement inclure l'action éthique dans l'énoncé d'une loi biologique plus générale et détourner complètement l'esprit de l'étude éthique particulière. L'égoisme éthique présuppose un sentiment éthique dans l'Ego, sinon la moralité égoiste est obligée de se constituer une hypothétique société d'individus sans sentiments, ce qui, bien sûr, la met hors de relation avec l'humanité. L'égoïsme, en tant que fondement de la morale, inclut forcément l'altruisme, ou bien il n'est qu'une forme d'expression de la loi la plus générale de la biologie.

L'égoïsme donne cependant, dans sa forme la plus élevée, une cohérence large et sage aux actions. Cela présuppose un esprit bien ordonné, capable de s'autoréguler et de se contrôler. Il regarde autour de lui et juge des éventualités des actions. Il résume ses propres forces et motivations, il tient compte de son environnement présent et futur et forme un jugement quant à la ligne d'action la plus prudente pour s'assurer la vie la plus convenable possible pour lui-même et la plus grande continuation de cette vie dans le futur. Un égoïsme sage et bien jugé est très précieux pour la communauté, tout en étant profitable à l'individu. Elle n'est cependant pas essentiellement éthique, et ne l'est que dans la mesure où l'individu est proprement altruiste. Si l'égoïste n'est pas altruiste, il peut devenir une malédiction pour la société dans laquelle il vit, ou, à plus grande échelle, un terrible fléau pour l'humanité dans son ensemble.

L'utilitarisme n'explique pas l'éthique, à moins que le mot ne soit accepté comme coextensif aux ajustements biologiques et sociologiques qui se sont produits au cours de la croissance ascendante. Il ne fait aucun doute qu'il s'agissait là de services publics ; et, par conséquent, l'utilitarisme est jusqu'à présent vrai. Mais comme il s'agit d'un processus d'accompagnement de sentiments modifiés, il ne s'agit que d'une demi-explication, d'un seul aspect de l'explication générale. Ce n'est pas une appréciation intellectuelle commune de l'axiome « le plus grand bonheur pour le plus grand nombre » qui a provoqué l'évolution de la morale. L'axiome lui-même était une réflexion après coup. Il peut avoir une grande utilité de nos jours, comme expression du résultat dans le sentiment et dans la pensée philosophique des processus d'évolution, mais ce n'est pas le principe directeur qui a produit l'évolution. Accepté ainsi comme résultat, il peut être le critère et le guide d'une action future dans des ajustements et des modifications détaillés des jugements éthiques ou de l'action politique, et peut avoir une autorité dans les temps modernes qu'il n'aurait pas pu avoir à l'origine. Mais sa portée est limitée à la formation de jugements délibérés, et elle ne suscite pas d'éloges spontanés ni ne donne aucune force au blâme spontané. Ses jugements sont ceux d'un raisonneur calme, qui peuvent très bien modifier les opinions de la société dans son ensemble et tendre ainsi à former une conscience améliorée, mais ils ne donneront jamais une impulsion morale ni ne formeront la base d'un idéal éthique.

Dans un système éthique fondé sur l'acceptation de l'évolution biologique et sociologique, tous ces systèmes des philosophes précédents trouvent leur place. L'égoïsme ne peut être nié comme règle de vie, mais il est démontré que l'égoïsme ne peut pas toujours rester purement égoïste, mais qu'il inclut finalement inévitablement une croissance altruiste. Le progrès de la société implique des conditions altruistes. La croissance intrinsèque de la sympathie et l'imposition extrinsèque de conditions forment dans une société continue, par changement dans la constitution interne des organismes et par transmission héréditaire de ces changements, non seulement un sentiment intuitif du bien et du mal, mais aussi une conscience intuitive du bien et du mal. plus ou moins de développement. Ainsi, nous admettons et expliquons la loi du bien et du mal inscrite dans le cœur de chaque humain civilisé. L'utilitarisme est reconnu comme le résultat ultime de la pensée philosophique ; et, bien qu'il ne soit qu'une expression inadéquate entre les mains de certains écrivains, il pourrait peut-être, dans son expansion plus large par des philosophes ultérieurs, devenir une expression adéquate et appropriée du principe éthique et un guide pour les réajustements dans la reconnaissance. des fins plus larges et des visions plus larges de l'organisation humaine.

Mais aucun de ces points de vue ne suffit à lui seul à expliquer et à exprimer l'ampleur du mouvement éthique. Ce n'est que lorsque nous nous saisirons de l'histoire du développement de la subjectivité, lorsque nous comprendrons le progrès graduel depuis des débuts grossiers et que nous reconnaîtrons le grand mouvement qui nous entraîne vers on ne sait quel avenir plein d'espoir, que nous pourrons apprécier correctement la position éthique et la autorité éthique. Mais pour celui qui comprend l'évolution des organismes et de la société, tous ces points de vue variés reprennent simultanément leur place naturelle dans une belle harmonie. La touche de génie d'un Darwin ou d'un Spencer fait sortir du chaos apparent un système bien ordonné et progressif.

C'est le lieu approprié pour remarquer le travail très précieux et élaboré de M. Leslie Stephen sur « La science de l'éthique ». Cet ouvrage est sage dans sa conception, solide dans sa base et sa construction, magnifiquement proportionné dans son mode de traitement, soigneusement et, peut-être, trop minutieusement élaboré dans les détails.

La conception originale est sage dans la mesure où elle exclut les questions métaphysiques et les discussions sur les principes premiers, et limite la portée de ses considérations à des faits ou des lois scientifiques correctement établis, ainsi qu'à des extensions de suppositions scientifiques qui sont justifiées par l'acceptation de la théorie moderne. doctrine de l'évolution, exposée par Darwin. L'acceptation de cette doctrine implique non seulement l'acceptation des développements historiques, mais justifie, et même nécessite, l'acceptation d'un développement préhistorique supposé. Cette histoire hypothétique, fondée sur des observations de l'ordre historique et des us et coutumes des races non civilisées, est parfaitement justifiable.

Cependant, le problème, mené dans les limites scientifiques, est de considérer les fondements de la moralité réelle (Ch. i.).

Pour atteindre correctement cet objectif, il est nécessaire d'étudier l'influence des émotions en tant que conduite déterminante. Ensuite, l'influence de la raison comme détermination de la conduite, et enfin l'interaction de la race et de l'individu (Ch. ii. et iii.).

À ces préliminaires succède une étude de la loi morale dérivée des intérêts sociaux, faisant suite aux nécessités sociales, établissant la loi morale comme naturelle et faisant autorité (Ch. iv.).

Le contenu de la loi morale est ensuite discuté, dans lequel sont considérées les vertus de courage, de tempérance, de vérité et les vertus sociales (Ch. v.).

L'altruisme, en tant que croissance au sein de l'Ego, est nécessairement un objet d'étude et s'explique comme un développement naturel de sympathie issu d'une subjectivité intrinsèque. Sa place dans un système d'éthique est également exposée. (Ch. vi.).

Ceci est suivi d'un exposé de vues spéciales sur le mérite, le libre arbitre, l'effort et la connaissance, telles que modifiées par l'acceptation de la doctrine de l'évolution. La prise en compte de la nature de la conscience et des variations de ses jugements (Ch. viii.) est d'une importance essentielle pour un travail éthique.

Une discussion sur le bonheur en tant que critère réussit, comprenant une étude de l'utilitarisme et une considération des relations entre moralité et bonheur (Ch. ix. et X.). Un chapitre concluant résume un ouvrage de près de 500 pages serrées.

Il est très évident que nous ne pouvons entreprendre la critique d'un ouvrage aussi vaste et aussi important sans avoir à aborder minutieusement des points d'accord et de divergence qui augmenteraient considérablement la taille de notre volume actuel. Il suffit de dire que, bien qu'il y ait naturellement de nombreuses critiques mineures à faire, nous l'acceptons comme un excellent exposé des vues éthiques modernes modifiées et coordonnées comme l'exige la reconnaissance des théories darwiniennes. Il devrait être lu, à notre avis, à la suite de l'excellent ouvrage vaste et impartial du professeur Sidgwick sur « Les méthodes de l'éthique ». L'étude de M. Leslie Stephen est basée sur les mêmes principes scientifiques fondamentaux que les « Données d'éthique » de M. Spencer, sans les vues cosmiques confuses qui sont nécessitées par la position de M. Spencer, mais qui ne tendent en aucun cas à la renforcer.

CHAPITRE VII.
L'ÉVOLUTION DU LIBRE ARBITRE.

Deux théories distinctes peuvent être soutenues par les évolutionnistes en ce qui concerne la volition, toutes deux étant strictement causales et, par conséquent, de caractère scientifique plutôt que mystique.

Il peut soutenir, en premier lieu, la théorie du double aspect pure et simple, selon laquelle tous les développements de l'esprit sont simplement des concomitants dépendants du développement des ramifications nerveuses, avec pour conséquence une croissance des cellules nerveuses, des ganglions et des nerfs plus considérables. plexus, aboutissant à la croissance d'un cerveau. Il peut considérer que cette évolution d'un système nerveux et cérébral est entièrement due à l'action de mouvements moléculaires et autres sur une masse de substances colloïdales d'une constitution telle qu'elles sont les plus aptes, sous l'action de ces stimuli externes, à former des lignes pour la transmission des mouvements et pour la décharge de ces mouvements dans certaines structures contractiles autrement formées appelées muscles. Il considérera qu'ils acquièrent finalement un pouvoir de retenir ces mouvements, de sorte que l'effet de tous les mouvements ainsi provoqués n'est pas immédiat mais différé. Et comme tous les mouvements reçus ne concernent pas immédiatement le bien-être de l'organisme, il peut supposer qu'il se produit des masses séparées de matière nerveuse dans lesquelles ces mouvements sont emmagasinés sous une forme organisée, reliée indirectement plutôt que directement à l'appareil moteur. Selon cette théorie, tout le système de détermination des causes est purement physique. Dans les organismes simples, la réponse de l'action musculaire aux mouvements incidents est rapide, directe et sans hésitation. Une telle action est appelée réflexe ou automatique et est aussi inconsciente que l'activité chimique. Mais lorsque le système devient plus complexe, lorsque les nerfs se croisent, lorsque se forment des cellules et des jonctions, et plus particulièrement lorsque se forment les réserves de mouvements, comme nous venons de le dire ; alors des combinaisons et des recompositions de mouvements nerveux ont lieu, et, selon la force des divers courants, la facilité de décharge et les diverses conditions physiques locales ou générales, l'action devient plus lente et plus hésitante. Dans ces circonstances, on considère que le système nerveux devient conscient. Un double aspect se présente alors, et les actions qui ont ensuite lieu peuvent être décrites soit en termes de relations entre les divers mouvements moléculaires des systèmes nerveux et cérébral, soit en termes de sensations ; mais ce dernier n'est tout de même que l'aspect secondaire d'une série de changements entièrement déterminés par les mouvements et la structure du premier. Selon cette théorie, la mémoire est le mouvement ravivé d'une structure nerveuse ; le sentiment est une conscience de l'interaction entre différents mouvements nerveux ; les trains de pensées sont les réverbérations de grandes variétés de mouvements à travers le système et le cerveau ; conscience résultant du mélange des courants nerveux et du conflit et du retard des effets qui en résultent.

L'élément de mystère réside ici dans l'aspect secondaire ou subjectif, mais il est placé strictement sans ligne de déduction et n'est qu'un accompagnement inexpliqué d'une série de changements autrement pleinement expliqués.

Une deuxième théorie, aussi strictement causale que la première, reconnaît la présence d'un facteur subjectif. Dans certaines des citations de "Psychology" de M. Spencer, données ci-dessus, on aura vu qu'au moment du développement des jonctions nerveuses, lorsque différents courants se rencontrent dans le ganglion développé et à mesure que le système devient plus complexe, M. Spencer Spencer affirme non seulement la montée d'un aspect secondaire, mais d'un facteur supplémentaire. L'élément de mystère est ici l'entrée de ce facteur supplémentaire, capable de participer comme agent actif aux affaires de l'organisme. Mais comme il est lui-même le résultat de l'expérience et de l'organisation des expériences du système nerveux physique, il est strictement d'ordre causal ou déductif, et après sa création inexpliquée, il doit être étudié strictement dans l'ordre scientifique de son développement et de son action. . Bien qu'il joue un rôle dans la conduite de la vie, et bien que sa dépendance à l'égard de l'organisation et du développement physiques soit si intime, et que ce développement ne puisse être compris sans lui, malgré toute cette incompréhension de la relation et notre ignorance de son origine, l'évolutionniste maintient le développement ordonné de l'organisme et des actions, y compris le subjectif, comme résultantes des relations entre les facteurs originels, bien qu'il ignore pour le moment la nature des processus.

On verra donc que dans les deux cas, il soutient la théorie déterministe de la volition et considère que toutes les actions intentionnelles sont des actions déterminées par des causes préexistantes, qu'il considère ces causes comme la structure et l'état des centres nerveux, ou comme des sentiments et des sentiments. pensées, ou s'il les considère comme attribuables à une certaine loi de corrélation entre les deux.

Néanmoins, il semble qu'il incombe à tous les auteurs traitant du sujet de l'éthique de définir leur position quant à la controverse sur le libre arbitre. Il va sans dire que nous acceptons sans réserve la théorie déterministe, même s'il peut être nécessaire de tenter de la réconcilier avec la conscience des personnes de libre arbitre.

Nous faisons ici une distinction entre les théories de la Volonté et les théories du Libre Arbitre. Ce que nous venons d'examiner, ce sont les théories de la volonté ou du volition. Ils sont d'ordre déterministe car dans les deux cas les actions sont entièrement déterminées par les faits précédents. Les actions humaines et toutes les actions des organismes sont considérées comme de simples résultats de facteurs préexistants et de leurs relations. C'est la théorie défendue par tous les philosophes scientifiques, et la plus analogue à ce que nous savons de la science physique ainsi que la plus conforme à l'expérience réelle de la conduite humaine. Une autre théorie, née sans doute du mystère de l'aspect secondaire ou du mystère de l'origine du facteur subjectif, nie la rigidité de l'ordre scientifique et affirme la présence et l'activité d'un facteur autodéterminé, plaçant ainsi l' *action* volontaire au-delà de l'ordre scientifique des successions dépendantes et liées de cause à effet.

Mais peut-être aurions-nous plus raison d'attribuer à une autre cause la confiance avec laquelle est parfois soutenue cette théorie d'un pouvoir autodéterminé. Il y a chez tous les êtres humains la conscience d'un pouvoir plus ou moins développé pour régler leurs propres actions ; et ce processus d'autorégulation est considéré comme incompatible avec la théorie déterministe. Il ne fait aucun doute qu'une telle conscience existe et nous pensons qu'il ne fait aucun doute non plus qu'il existe un tel pouvoir. L'évolutionniste superficiel, en effet, peut admettre la conscience, qu'il peut expliquer comme un aspect secondaire de courants nerveux conflictuels, et rire dans sa manche de la vanité égoïste d'un homme confiant et fier de son pouvoir de Volonté. Mais nous pensons qu'une explication plus profonde, et plus proportionnée aux phénomènes, doit être trouvée : et cela nous ramène à la distinction, comme indiqué au début de cette section, entre les théories de la Volonté ou Volition, et les théories du Libre Arbitre. ou le pouvoir de réguler sa propre conduite.

La volonté, dans son sens scientifique, n'est qu'une simple volition, *c'est-à-dire* l'état mental qui accompagne ou précède immédiatement l'action. La nature de l'action, bonne, mauvaise ou indifférente, est sans importance. Techniquement parlant, toutes les volontés sont égales, considérées comme telles. La volonté du moment est la Volonté du moment. La Volonté d'un homme est la totalité de ses volontés durant toute sa vie. Il s'agit d'un terme général ou collectif relatif aux actions conscientes, ou aux états de conscience précédant immédiatement les actions, et n'est pas le nom d'une entité.

Mais si la Volonté est la volition pour le moment, indépendamment de toute caractéristique qualitative, alors nous devons nous demander si le terme « Libre » lui est applicable. Or, ce terme est antithétique aux deux termes «

restreint » et « contraint ». Ainsi, si les actions d'un homme sont entravées ou empêchées par la volonté d'autrui, les actions de cet homme ne sont pas libres. Mais si certaines des motivations d'un homme sont restreintes ou si ses actions sont contraintes par la prédominance d'autres de ses motivations, comme, par exemple, lorsqu'il accomplit des actions que sa conscience lui dit être mauvaises, sa Volonté n'est-elle pas libre ? Les actions sont ses volontés. Si certains motifs sont restreints et ne doivent donc pas être considérés comme libres, les autres qui ont gagné la prédominance sont par là même devenus sa Volonté ; leur opération prouve leur absence de retenue ou de liberté, et la volonté est toujours libre. L'action est une preuve de liberté. La volonté est toujours gratuite. Elle est de différentes sortes, mais cela n'affecte pas la conclusion selon laquelle la volonté prouve sa propre liberté. La Volonté est toujours et en toutes circonstances libre.

Mais bien que cela règle théoriquement la question, l'homme ordinaire n'est pas convaincu et s'accroche à sa croyance en un libre arbitre, qui n'est pas simplement ce libre arbitre technique et universel, mais doit être interprété comme un pouvoir qu'il se sent posséder de choisir. et déterminer ses propres actions ; et si nous lui disons : « Vous avez sans aucun doute ce pouvoir ; mais votre choix, et par conséquent votre volonté et l'action qui en résulte, sont toujours déterminés de la même manière que si vous n'aviez pas reconnu ce pouvoir », il s'y opposera et, logiquement, ou bien illogiquement, il niera votre position et gardera la conscience de ce qu'il appelle son pouvoir autodéterminant sur ses propres actions, qu'il place hors de la ligne du déterminisme, aussi dénuées de sens ou paradoxales que ses affirmations puissent se révéler.

C'est cet état de conscience, cet attachement à la croyance de beaucoup d'hommes en leur propre *pouvoir d'autonomie* sur leur propre conduite générale, et par la plupart des hommes en leur propre contrôle sur certaines de leurs activités, que l'évolution est tenue de rendre compte. pour et expliquer. Les évolutionnistes ne distinguent pas suffisamment cette partie *pratique* de la partie *théorique* et laissent ainsi imparfaitement expliqué la conscience de ce qu'on appelle le « libre arbitre ». Ils estiment que l'explication du libre arbitre est incluse dans une explication de la volonté et, par conséquent, ils ne traitent que de manière accessoire et imparfaite de l'autonomie. La confusion vient du fait que le terme libre arbitre a deux significations : la théorique ou scientifique, par opposition au déterminisme, et la pratique, comme impliquant le pouvoir de s'autoréguler, de choisir, d'effort et de détermination.

Qu'il existe un tel pouvoir d'autorégulation est un fait reconnu dans tous les domaines des relations sociales : dans l'attribution de louanges ou de blâmes, dans les enseignements du moraliste, aux yeux de la loi et dans le processus d'éducation. Chaque individu est censé maîtriser ses propres actions, à l'exception de celles qui sont purement automatiques. On ne suppose pas que les hommes soient responsables de leurs goûts ou capacités congénitaux ; mais tous les membres de la communauté sont tenus responsables de leurs actes envers les autres membres de la communauté et, dans une certaine mesure, ils sont jugés sages ou insensés à leur égard, en supposant qu'ils sont capables de mener une conduite intentionnelle. . Et même si, à divers égards, il apparaît qu'ils ne possèdent pas un tel pouvoir, eux ou les personnes responsables de leur éducation antérieure sont blâmés pour leur manque de ce pouvoir, car il est considéré comme l'un des biens les plus caractéristiques et les plus précieux. de l'humanité. Ainsi, le parent judicieux s'efforce, dès le début, d'inculquer à l'enfant des habitudes de maîtrise de son caractère et de ses appétits. La jeunesse qui a reçu les leçons de sages conseillers, qui a été imprégnée des leçons du christianisme, qui s'est abreuvée des enseignements des moralistes antiques et a fondé ses ambitions sur les exemples sévères de la Grèce et de Rome primitives, ou qui a trouvé ses sympathies excitées par les rêves de la philanthropie moderne, sait que le fondement de toute sa grandeur personnelle réside dans sa maîtrise de soi. Ce n'est pas un verbiage inutile que celui du rhéteur, du prédicateur, du romancier philosophique, du poète, lorsqu'ils exhortent à cultiver les pouvoirs de la Volonté dans leurs représentations variées des aspirations et des luttes de la noble humanité. Il y a quelque chose qui suscite la sympathie du moraliste dans les appels du poète à la puissance de la volonté, et il n'y a pas de plus grand spectacle dans tout cet univers que d'assister à la bataille de la volonté d'un homme contre les difficultés et les oppositions de toutes sortes ; néanmoins, si la scène du conflit se situe dans la région de son propre cœur et de son esprit, plutôt que dans le champ plus large de la bataille de la vie.

L'évolutionniste est tenu d'en tenir compte parmi les autres phénomènes de l'existence humaine. Les principes d'une telle évolution sont contenus dans « Psychology » de M. Spencer, mais le développement n'est pas élaboré en détail et mérite bien une étude spéciale. Nous avons déjà indiqué grossièrement les contours d'une telle étude ; et comme la question psychologique particulière a été traitée d'une manière intéressante et suggestive par le révérend TW Fowle dans le numéro du "Nineteenth Century" de mars 1881, nous trouverons commode de prendre cet article comme texte ou base de notre propres remarques.

En bref, l'argument de l'auteur semble être le suivant. Au cours de l'évolution, l'homme est devenu conscient de lui-même (voir p. 392). Cette conscience de soi conduisait d'abord à la conservation de soi, puis à l'affirmation de soi et enfin à la satisfaction de soi. "Quand l'homme a prononcé pour la première fois les mots ou plutôt a ressenti l'impression à laquelle le langage a ensuite donné une forme et une force définies, ' *Je* vivrai malgré toutes les forces qui entouraient ma destruction', alors le Libre Arbitre a été créé sur la terre."

Notez ici que la Volonté est transformée en Libre Arbitre au cours d'une seule phrase, et que ce « Libre Arbitre » est simplement une action humaine prédominante sur les difficultés extérieures, qu'il faudrait donc plutôt appeler Volonté, et n'est certainement pas le Libre Arbitre ou le Libre Arbitre. l'autonomie que nous envisageons actuellement. D'où une certaine confusion, comme le témoigne le témoin p. 393 : — « Nous attribuons donc la conscience du *libre arbitre de l'homme* à la concentration de toutes ses expériences préhumaines en une seule détermination impérative de se préserver, de s'affirmer et de se plaire. » Ainsi, le « libre arbitre », dans l'esprit de l'écrivain, est simplement la volonté humaine par opposition aux forces de la nature. Rien n'est dit sur les volontés extérieures opposées des autres, même s'il doit sûrement vouloir qu'elles soient également incluses dans l'environnement. En même temps, nous ne savons pas si cela rend le point particulier considéré plus difficile à étudier, bien que ces volontés extérieures constituent une partie considérable des objets déterminant les activités du moi. Cependant, comme notre point d'étude particulier est *l'autonomie* , cette extension de la référence aux forces extérieures n'affecte pas directement l'argument.

Mais on verra que la volonté ou le libre arbitre mentionné ici, et défini comme l'affirmation de soi et la détermination de se plaire à soi-même, est une affirmation de soi par opposition à l'environnement – une affirmation de soi qui, quelles que soient les qualités ou la nature de l'environnement. les motivations contenues dans ce soi, décide de réaliser son propre plaisir sur-le-champ, malgré toute opposition. Un tel état est bien illustré dans les premières affirmations de soi de l'enfance – ce qu'on appelle *l'obstination* ; car, de même que l'embryologie illustre les étapes de l'évolution biologique, l'enfance illustre les étapes de l'évolution mentale et morale. Cette affirmation de soi s'illustre également dans le comportement des fous et des esprits grossiers, rudes et sans instruction des masses. Pourtant, ce n'est pas ce que l'on entend par libre arbitre, mais bien l'inverse ; car on dit que de telles personnes sont esclaves de leurs passions ou de leurs motivations. C'est sans aucun doute *la volonté égoïste* ; et donc théoriquement, comme nous l'avons indiqué précédemment, il est *libre* : mais ce n'est pas le libre arbitre, l'autonomie que nous recherchons maintenant. Ce type d'affirmation de soi est la détermination de se faire plaisir, *quelles qu'en soient les conséquences* . Mais quand on sait que les conséquences reviennent sur soi – quand l' *élément temps* est pris en compte et que le soi s'avère continu, alors il y a réflexion, et peu à peu succèdent la prudence, la retenue et la coordination. coordination des actions vers une fin donnée. C'est là le germe de l'autonomie, considérée à tort comme identique à l'autodétermination de la volonté.

Le terme « auto-préservation » a un sens large et restreint. Cela peut simplement signifier la continuation de l'existence du corps ; ou si le soi équivaut à la préservation des activités contenues dans ce soi, *quelles que soient ces activités* — convoitise, haine, bienveillance, sentiment esthétique, etc. — alors cela implique la satisfaction continue de ces activités. Cette compréhension de l'auto-préservation dépend de la durée pendant laquelle le soi est censé continuer. L'homme religieux, croyant en un Dieu et en une vie future, préserve ce qu'il estime être lui-même , c'est-à-dire son être moral et religieux, même dans le martyre. Mais s'il n'y a pas de vie future, alors le soi qui doit être préservé est le soi tel qu'il est, quoi qu'il puisse être – grossier ou raffiné.

Il n'y a pas de traits mieux reconnus du libre arbitre , *c'est-* à-dire de l'autonomie, que le pouvoir du renoncement, de l'abnégation et du sacrifice de soi. Celles-ci ne peuvent être expliquées par aucune définition du libre arbitre fondée simplement sur l'affirmation de soi et l'auto-préservation. Là encore, l'auto-éducation, la modification intentionnelle du caractère et l'acquisition intentionnelle de la maîtrise de soi peuvent difficilement être considérées comme compatibles avec une simple affirmation de soi. L'affirmation de soi est l'affirmation de soi tel qu'il est. La résolution de changer est le déni de l'auto-préservation du moi existant. L'adaptation à l'environnement impliquée dans l'abnégation de soi est à l'opposé de l'affirmation de soi.

Devons-nous supposer que le libre arbitre de l'homme est la possession universelle de tous ? S'il s'agit d'une question *théorique* , il faut admettre que la volonté de tous les hommes est libre. Mais s'il s'agit d'une question pratique quant à la force de la volonté par opposition aux forces extérieures, et si elle est considérée comme libre proportionnellement à sa force relative d'affirmation de soi, le libre arbitre est sûrement une qualité variable. Si, encore une fois, il s'agit d'une question pratique quant au pouvoir de se gouverner soi-même, devons-nous supposer que tous les hommes l'ont à des degrés égaux ? L'idiot et le maniaque la possèdent-ils, ou au contraire les hommes la possèdent-ils inégalement, et certains ne la possèdent pas du tout ?

L'écrivain dit, p. 391, "Or, à partir du moment où ce moi est devenu un objet de conscience, il est devenu aussi un motif."

Cette conscience de soi est une conscience de la totalité des activités, une conscience de l'unité de cette totalité, une conscience de la continuité de cette totalité pour un avenir plus ou moins certain. Le motif qui résulte d'une telle reconnaissance doit être la plus longue continuation de ce soi, la plus grande satisfaction des activités de ce moi, l'évitement des souffrances de ce moi et l'agrégation d'un plus grand nombre d'activités par ce moi.

Le résultat de ce motif serait la coordination des actions pour atteindre le but final ainsi fixé devant le soi total, et la subordination des motifs particuliers à leur place propre dans le schéma de coordination. Mais comme le moi total est en relation avec l'environnement, cet environnement, physique ou sociétal, doit être pris en compte ; et comme les conséquences des actions se répercutent ultérieurement sur l'individu, les résultats des actions doivent être pris en compte. Par conséquent, une grande quantité de considération et de jugement rationnels sont mis en œuvre quant aux éventualités de conduite à l'égard du « soi total » ; et enfin, on découvre que l'action doit prendre l'une des deux formes suivantes : soit l'environnement doit être ajusté à l'organisme - c'est une forme de volonté - soit l'organisme doit être ajusté à l'environnement - c'est le libre arbitre ou l'autonomie - *c'est-à-dire* le libre arbitre tel qu'il est compris ici. C'est la solution qu'implique la déclaration de l'auteur selon laquelle « à partir du moment où ce soi est devenu un objet de conscience, il est également devenu un motif ».

Cette vision rationnelle du soi comme un ensemble de facultés et de motivations susceptibles de durer un certain temps et entouré d'un environnement social qui l'a dans une large mesure formé et qui exerce sur lui une pression continue, met en avant la relation du libre Volonté d'Éthique dans le fait que le pouvoir acquis d'autonomie doit tenir compte, dans la mesure où il existe chez les individus formant les coercitions et les approbations sociales, et dans la mesure où l'Ego se rapproche du standard normal de régulant ses propres sympathies, qui, ensemble dans une communauté instruite, constituent une responsabilité personnelle envers la loi éthique et fournissent le motif éthique par opposition au motif simplement altruiste.

La définition évolutionniste de la vie est « l'ajustement continu des relations intérieures avec les relations extérieures », ou entre l'organisme et l'environnement. Les principes et les résultats de cet ajustement continu, dans les modifications de structure et de fonction, et leur transmission par hérédité sous des formes progressivement plus permanentes, sont bien compris à partir des écrits de M. Darwin, de M. Spencer et d'autres.

Le progrès du développement de l'espèce humaine a consisté dans l' *établissement de correspondances* d'un caractère défini et permanent entre l'organisme et le milieu. La raison pour laquelle un développement aussi important aurait pu se produire, tel que celui qui s'est réellement produit, dépasse les limites de notre sujet ; mais si l'évolution est vraie, il n'en demeure pas moins que l'organisme humain n'a cessé d'augmenter le nombre de ses correspondances, conformément à la complexité croissante de son environnement. En gros, cet établissement de relations avec le monde extérieur peut être classé en deux divisions, chacune contenant une grande variété de détails. Premièrement, la classe des cognitions, comprenant la connaissance du monde physique, du champ, de la forêt, du ruisseau, des animaux, du ciel et des corps célestes, ainsi que la connaissance des hommes et de leurs voies dans la société ; deuxièmement, la classe des relations directes avec d'autres individus, telles que les relations entre épouse, enfants, parents, chefs, impliquant également la propriété et provoquant des sentiments d'amour, d'amitié, de haine, de justice et d'autres affections sociales.

L'établissement d'une correspondance entre l'organisme et le milieu, d'un caractère si précis qu'elle peut être transmise par hérédité, implique l'établissement de motifs. L'estomac sans nourriture éprouve la faim, un besoin et constitue un motif. Il en va de même pour les autres organes, et ainsi pour toutes les autres relations établies dans l'organisme. Aussi subtile et raffinée que puisse être toute relation établie, mais moins proportionnellement à son ordre ultérieur de développement et, directement, comme sa nécessité à l'existence, telle est sa force. Il éprouve un besoin à l'égard de son corrélat, et ce désir devient un motif ou une incitation à sa propre satisfaction.

Les types d'actions peuvent alors être distingués comme suit :

Les fonctionnels, tels que l'action du cœur, des intestins, etc. Celles-ci sont totalement involontaires.

L'émotionnel involontaire, tel que les sentiments et les désirs, et l'expression musculaire de certains d'entre eux, comme le rire, les pleurs, etc.

L'Emotionnel Volitionnel, ou actions procédant des émotions et contraignant les muscles aux moyens de leur gratification.

Ici, il faut ajouter le Rationnel Volitionnel ; et si le choix rationnel des actions et l'ordonnancement de la conduite, dans lesquels les émotions et les passions jouent un rôle subordonné en tant que facteurs d'une estimation ou d'un jugement général, peuvent être interprétés comme une reconnaissance du « soi en tant qu'objet » et l'établissement d'un correspondance avec ceux-ci, alors le « motif du soi » tel qu'avancé par l'essayiste peut être considéré comme le motif le plus élevé de la classe Émotionnelle-Volitionnelle. Ainsi, le soi, en tant que tout durable, s'établit comme l'objet prédominant dans l'esprit de l'Ego, vers lequel se tournent, dans la continuité et dans l'expansion de la relation, les motivations de l'individu, en y coordonnant d'autant plus les motivations les plus spéciales. ; et faire évoluer à un degré plus élevé les pouvoirs d'autonomie.

De cette manière, l'autonomie ou le libre arbitre est expliqué et justifié comme une possession naturelle de l'humanité et l'une de ses réalisations les plus élevées et les plus caractéristiques. En même temps, il s'avère cohérent avec un schéma déterministe et ne nécessite pas l'assistance d'un pouvoir autodéterminant incompréhensible de la part de l'Ego. La théorie déterministe concernant les actions et la conduite d'un individu n'est cependant pas aussi étroite dans sa portée. Elle reconnaît un grand nombre de types de conditions comme causes plus ou moins directes ou lointaines des actions. Il reconnaît...

L'hérédité , par laquelle les qualités physiques et les tendances émotionnelles et intellectuelles des parents, plus ou moins obscurément connues à cause du mélange, se transmettent à la progéniture. L'enfant naît avec une certaine constitution héritée, contenant potentiellement en son sein un cours de développement passant par certains changements physiologiques jusqu'à la décadence et à la vieillesse. Cette constitution est d'un caractère défini, ayant des proportions définies de parties, comme la tête, la poitrine, l'abdomen, etc., et des relations définies de systèmes, tels que nerveux, vasculaire, musculaire, viscéral, etc., et en partie en conséquence de ce fait, l'enfant possède également des tendances mentales et morales qui, bien que très susceptibles d'influence, dérivent principalement de l'hérédité.

Action de l'Environnement. — Dès la naissance (ou avant), l'organisme entre en relation avec des conditions très complexes qui affectent diversement son cours de développement. Les conditions convenables ou inappropriées de la santé de la mère, de sa nourriture, de sa chaleur, de son sommeil, etc., influencent le développement de l'enfant ; et dès lors, tout au long de la vie, les conditions d'alimentation, de régime, de climat, d'exposition, de maladie, d'accident, etc., ont des effets puissants et reconnaissables sur l'organisme physique et mental.

L'enseignement général , ou l'éducation par contact avec les membres de la famille, les camarades de jeu, les compagnons et le grand corps des individus du milieu avec lesquels l'enfant ou le jeune entre en contact, dans le ton général et les principes de son âge, de son pays. , classe ou secte, le façonnant progressivement selon un certain modèle, façonnant le mode général de sa vie et formant en lui certaines normes d'action, certains codes d'obligations, morales ou cérémoniales, certaines coutumes, modes, etc., ainsi que comme implantant en lui les convictions, théologiques ou autres, de son temps.

Cours spéciaux. — Les frais de scolarité affectent l'ensemble des activités de l'individu selon la nature de la formation, son convenance ou son inadéquation, sa persistance et la force exercée. La valeur d'un long cours d'éducation directe est bien comprise dans toutes les communautés civilisées et, à l'époque moderne, elle est reconnue comme l'un des grands moyens d'effectuer l'amélioration générale de la société, si seulement elle pouvait être pleinement appliquée.

L'éducation des circonstances affecte non seulement la constitution physique, mais aussi les qualités mentales et morales de l'individu. Et comme ces circonstances sont très variées et les tendances héréditaires très différentes, les résultats seront très divers selon les individus ; mais il ne fait aucun doute qu'un état de pauvreté ou de richesse, un bon ou un mauvais usage, une négligence ou une gouvernance excessive, une condition solitaire ou sociale, l'environnement de la ville ou de la campagne, le statut des parents, la nature et les facilités des divertissements et des études , le degré de responsabilités précoces, le type d'occupation commerciale ou autre vocation, tous affectent largement la conduite et modifient les motivations de l'individu.

Et c'est merveilleux dans un état de société hautement développé et complexe, où la possession de grandes richesses crée une vaste classe de loisirs, et où l'énorme activité qui imprègne l'ensemble tend toujours à mettre les organismes qui y sont inclus dans toutes les relations possibles avec le monde extérieur, et où avec chaque relation qui peut se développer dans son propre mélange social complexe – c'est merveilleux, disons-nous, dans de telles circonstances, le nombre de motifs qui vont se développer. Les relations s'étendent au passé et au futur. Les relations les plus mesquines, les plus évanescentes, les plus fortuites, deviennent plus ou moins des motifs d'action, s'établissent plus ou moins dans l'individu et se transmettent plus ou moins à la postérité. Outre le grand nombre de ces relations, il existe une différence de nature. Beaucoup sont de nature concrète ; comme par exemple l'amour des chiens, des chevaux, etc.; d'autres sont d'une description très abstraite. Ces dernières sont principalement le résultat de relations sociales et intellectuelles. Ce sont des généralisations de conduite ou des abstractions de l'intellect. La vertu, la conduite idéale, la justice, la beauté, la vérité, la science, la philosophie, une humanité parfaite, tout devient pour ainsi dire des abstractions réalisées, avec lesquelles une relation s'établit et qui, par conséquent, prennent l'apparence de motifs cherchant leurs moyens de satisfaction. . Nous reconnaissons le fait que les abstractions peuvent devenir des objets de motivations, distincts des objets concrets qui sont définitivement en relation avec les affections correspondantes de l'organisme. Ces abstractions se transforment en parties définies du soi et, si elles prédominent largement chez un individu, il deviendra un martyr plutôt que d'abandonner son dévouement à leur égard. Il les considérera comme la partie principale de lui-même et laissera son corps périr plutôt que d'agir contre eux. De telles abstractions organiques peuvent, en effet, devenir les objets des passions les plus puissantes, devant lesquelles les objets concrets sombrent dans une totale insignifiance. Nous avons découvert que la reconnaissance du soi continu ou « total » peut devenir un tel objet et induire l'établissement d'un motif correspondant.

Au début, nous distinguons le domaine de la Raison, dans lequel est inclus le calcul des résultats des actions et la conception des meilleurs moyens pour accomplir un but désiré sans encourir de peines ni d'inconvénients. Si une certaine fin est désirée, l'intellect doit prévoir le résultat des différents modes pour réaliser le résultat désiré, et discerner celui qui assure la fin avec le moins d'inconvénients. La fin peut être bonne ou mauvaise ; les motifs peuvent être du caractère le plus élevé et le plus généreux ou ils peuvent être des pires ; mais il faut tout de même bien réfléchir quel est le meilleur moyen de l'obtenir. Quel serait le résultat si je faisais cela ? d'un autre côté, ne vaudrait-il pas mieux faire cela ? On verra qu'ici il n'y a pas de choix entre des motifs, pas de dispute à régler entre des principes et des passions opposés, mais seulement une sorte de calcul mental ou d'ingénierie intellectuelle. Cet état d'esprit est parfois considéré comme l'exercice d'un choix, et il se peut qu'il en soit ainsi ; mais elle est d'une nature différente de celle qu'implique l'autonomie, dont nous abordons maintenant.

Comme un pouvoir de croissance très graduelle, devons-nous considérer cette cognition (avec son établissement ultérieur comme objet et motif dans l'organisme humain) qui reconnaît le Soi dans son ensemble – dans son ensemble à un moment donné, et dans son ensemble s'étendant sur soixante-dix ans, et peut-être indéfiniment plus !

Le moi total de l'homme peut devenir un objet de pensée et cet objet un motif, par opposition à n'importe lequel des motifs particuliers qui le composent. Le futur moi de l'homme peut être un objet de pensée aussi bien que le présent ; et le Soi Continu de l'homme peut devenir un objet de considération et d'intérêt constant et prédominant, un motif absorbant tout. En fait, cela peut aller aussi loin que le soi longtemps continuellement prospecté après la mort peut et a été tellement un objet de motivation qu'il éclipse et éclipse tous les intérêts du présent. Et si ce Soi Continu est reconnu par la Raison comme l'objet complet, le motif unique et principal - et il doit en être ainsi puisqu'il inclut tous les motifs à chaque instant du temps - alors la Raison lui accorde et revendique pour lui une position dominante . , une revendication devant laquelle tous les autres doivent céder. Il ne fait aucun doute que cela est enseigné en substance, bien que dans des termes d'exposition différents, dans tous les livres d'éthique et dans tous les préceptes verbaux de bon conseil.

La psychogénie de ce développement du soi continu en objet et en motif se trouve dans la reconnaissance intellectuelle de l'ordre réel manifesté par la nature dans les processus de la vie. C'est l'harmonisation des actions volontaires avec les lois du changement naturel. Nous avons vu que le processus de la vie est l'adaptation continue de l'organisme à l'environnement. Mais il s'agit d'un processus naturel et non volontaire. Le changement dans l'environnement produit un changement dans l'organisme pour y correspondre. Lorsque les cognitions sont développées, les séquences d'action sont prévues, les changements d'environnement sont prévus, les développements de l'organisme sont prévus ; une généralisation est faite de tous les facteurs et des conclusions logiques sont tirées quant aux adaptations nécessaires. S'ensuit alors une adaptation rationnelle ou intentionnelle de l'organisme et de l'environnement, due au motif du Soi que nous venons de considérer ; cette adaptation rationnelle ou intentionnelle peut être accidentelle ou continue, et l'adaptation peut concerner soit l'organisme, soit l'environnement. Et dans ce calcul, il faut tenir compte du rapport de l'individu à la masse des individus constituant la société.

Un homme, compte tenu de son moi continu, se trouve dans une certaine position. Le motif relatif au soi continu détermine que sa conduite doit être réglée par le meilleur respect pour ce soi continu. Et il faut admettre immédiatement que techniquement, elle n'est liée qualitativement à aucune abstraction, telle que la vertu, etc., à moins, en effet, que la vertu ne soit interprétée comme l'établissement d'une telle harmonie, mais qu'elle se rapporte uniquement à l'établissement de la plus grande harmonie possible. correspondance harmonieuse entre lui et son environnement pour le reste de sa vie. Il se pourrait qu'une telle résolution aboutisse à un système d'éthique, mais nous souhaitons limiter l'examen à notre sujet particulier.

Et, en premier lieu, il faut reconnaître le caractère *quantitatif* d'une telle adaptation. Le soi est entouré d'un environnement énorme et très complexe ; mais il peut, par hérédité, ou par manque d'éducation, ou par éducation perverse, être un petit moi très étroit, pauvre, maigre, ayant très peu de correspondances faibles et faibles avec le milieu. Un porc dans son étable peut être bien adapté à son environnement ; mais ses correspondances avec le monde extérieur sont peu nombreuses et de faible intensité. Nous affirmerions donc avec M. Spencer comme corollaire de l'ajustement continu de l'organisme et du milieu, non seulement l'établissement d'un *modus vivendi commode* , mais un ajustement de l'organisme par l'élargissement du nombre de ses correspondances avec le milieu. de manière à rendre plus parfait l'ajustement entre l'organisme et le milieu en rendant le premier coextensif au second. La perfection du soi continu est proportionnelle au nombre de points d'intérêt ou de correspondances établies entre l'organisme et l'environnement. De cette manière, le libre arbitre ou l'autonomie, dans sa nature même, est lié à la conception d'un soi continu envers lequel il agit comme objet d'un motif, et possède également une portée éthique en ce qui concerne l'élargissement des correspondances avec le monde extérieur. Car qu'y a-t-il de plus grand intérêt dans le monde extérieur que les individus subjectifs de notre environnement, la société dont nous faisons partie, le passé mystérieux dont nous sommes issus et les nations dépendantes du futur que nous contribuons à construire ?

Il est évident qu'en établissant ainsi le soi continu comme un objet, dont la réalisation doit être le pouvoir directeur dans la régulation de la conduite (que ce soi soit le moi complet que nous venons de contempler, ou le moi incomplet qui peut survenir) être, et être assez satisfait), un certain degré d'autorégulation sera toujours nécessaire pour atteindre le but visé, et lors de crises occasionnelles, une très grande quantité de lutte et d'efforts devra être exercée pour afin de réprimer l'influence de quelque motif actif qui, par sa satisfaction hâtive et aveugle, gâcherait le résultat de cette ligne de conduite déjà décidée comme la meilleure. Ici surviendra le conflit de la passion avec la raison, et de l'impulsion avec la prudence, qui présente réellement le plus grand intérêt pratique dans notre étude.

Et nous trouvons ici, comme l'un des principaux motifs d'un tel conflit, le motif du *respect du soi continu* . Ce n'est pas toujours un motif dominant. Il est préférable qu'il en soit ainsi. Le but de l'éducation et de l'autoculture est d'y parvenir. Mais en tout cas, c'est un motif, et fort. Sa prédominance est proportionnelle à la quantité d'autonomie, de maîtrise de soi et, comme nous le lisons, de libre arbitre.

Ainsi, le respect rationnel de soi est reconnu comme un motif. Le Volitionnel Rationnel devient le Volitionnel Émotionnel. Elle a été reconnue dans de nombreuses philosophies sous des noms variés, avancés tantôt comme un motif, tantôt comme le soi même du moi, et parfois désignés par le terme de « pouvoir auto-déterminant », etc. ; mais son véritable caractère et sa genèse sont mieux expliqués par l'évolution.

La grande question pratique est la suivante : l'homme a-t-il le pouvoir de choisir parmi ses motivations ? A-t-il le pouvoir tant vanté de l'autonomie ? et peut-il le cultiver ?

Nous pouvons seulement répondre qu'en fait, certains hommes l'ont et d'autres non ; que certains ont à certains égards et pas à d'autres. Il est possible que la plupart des hommes puissent atteindre dans une large mesure le pouvoir de s'auto-gérer grâce à une culture personnelle judicieuse : et dans l'éducation des jeunes, plus particulièrement dans l'enseignement à domicile, un niveau très élevé à cet égard peut être atteint. atteint. Certains esprits faibles, certaines natures volatiles ou passionnées, ainsi que les idiots, peuvent ne pas être capables de l'atteindre, et certains imbéciles peuvent le perdre après l'avoir obtenu ; mais comme règle générale et comme fait sûr que tous peuvent accepter, nous pouvons dire qu'un haut degré d'autonomie peut être atteint par la plupart des gens, et que la possession de ce degré est pour l'essentiel le bonheur.

En adoptant donc la déclaration de l'essayiste, « à partir du moment où le soi est devenu un objet de conscience, il est également devenu un motif », nous ajouterions l'élément du temps et reconnaîtrions un soi continu. Ensuite, en plaçant l'énoncé dans une position subordonnée, dans le cadre de l'évolution générale de la vie – qui est l'ajustement continu de l'organisme et de l'environnement – et en reconnaissant la croissance de la raison, nous définirions le plan d'action qui résulte de tous ces facteurs comme suit : *l'ajustement rationnel, quantitatif et continu de l'organisme et de l'environnement* . C'est la formule évolutionniste du libre arbitre ou de l'autonomie.

Ainsi, la conscience du choix et du pouvoir de s'autoréguler reçoit une explication sur l'évolution de l'hypothèse déterministe à cet égard, selon laquelle la reconnaissance du soi continu en tant qu'objet de pensée et objet important d'intérêt et de considération devient ainsi *un motif déterminant l'action et la conduite* , même contre les urgences immédiates de la passion. Le déterminisme est ainsi reconnu comme une théorie correcte : mais la dignité de la revendication de l'autonomie et du libre choix est justifiée, et il est démontré que la réalisation de ces objectifs par la plupart des gens est à la fois souhaitable et réalisable.

CHAPITRE VIII.
ÉVOLUTION, ÉTHIQUE ET RELIGION.

La reconnaissance des tendances ultimes de l'évolution suggère deux autres recherches, l'une sur la relation personnelle avec le résultat lointain, et l'autre sur l'origine d'un progrès aussi précis.

Peut-être que l'examen de la première question est lié à la seconde. Néanmoins, dans le cadre de la première enquête plus limitée, les comtistes se contentent de se reposer. Pour eux, les limites étroites de l'histoire et ses perspectives immédiates suffisent. Ce qui est réellement enregistré sur l'humanité et ce qui y est réellement révélé, ainsi que les indications de ses possibilités, suffisent pour le credo du Comtiste. Le positiviste produit par l'évolution vénère sa cause sous le nom d'humanité et travaille à la réalisation de l'idéal évolutionniste de M. Spencer. Il ne cherche aucune justification en philosophie. Produit de l'évolution : il agit selon une impulsion intérieure et ne nécessite aucune autorité. Il n'a personne à qui faire appel dans l'inculcation de son culte, mais la réponse naturelle qui se trouve dans le cœur de ceux qui occupent la même position intellectuelle et sympathique. Mais ce n'est après tout qu'une compréhension partielle du problème fondamental de l'histoire. C'est un abandon, temporaire ou non, du problème intellectuel, bien que ce soit une reconnaissance de la marche en avant de l'évolution humanitaire. L'histoire et les tendances sont également recherchées pour être expliquées par la philosophie évolutionniste. Quelle est alors la position des évolutionnistes à l'égard du problème de la religion, et quelle incidence pratique cela a-t-il sur l'éthique ou l'obligation morale ?

La réponse à ces questions dépend de ce que l'on entend par théorie de l'évolution. Si par évolution on entend un système complet d'explications par lequel tous les événements compris dans tous les départements de la connaissance humaine, s'étendant à travers toute l'histoire enregistrée et supposée, sont expliqués de manière intelligible comme le résultat de l'interrelation de facteurs primordiaux, dont nous Si nous avons une compréhension claire, dans la mesure où l'ordre logique devient une image de l'ordre historique, alors notre estimation de l'évolution dépend de notre estimation des facteurs originaux. Si l'on considère qu'ils sont au nombre d'environ soixante-dix, et qu'ils sont les éléments dont un compte rendu complet est donné en chimie, et qu'ils sont soumis à des lois générales, telles que celles décrites dans les ouvrages de physique, alors notre considération pour l'évolution doit être l'une est due au respect que nous avons pour la chimie, l'électricité, la chaleur, la gravitation, etc., et notre conduite doit être rendue conforme - si nous voulons coïncider avec les tendances éventuelles de l'évolution - avec ce que nous jugeons être les tendances ultimes. de l'évolution de ces facteurs, à savoir leur équilibrage ultime dans la quiétude universelle. La vie, selon cette vision, est une interruption du processus et une contradiction avec l'intention cosmique.

Cette vision de l'évolution n'est pas sauvée par la théorie selon laquelle derrière ces affinités chimiques et ces relations physiques se cache un pouvoir inconnaissable dont elles ne sont que les manifestations : car le pouvoir n'est pas inconnaissable si ses manifestations se limitent à ces manifestations connues ; et s'ils ne sont pas aussi limités, mais fonctionnent d'une autre manière avec de nouveaux facteurs, non compris dans notre estimation, alors notre système explicatif est en faute et doit être abandonné ou modifié. La reconnaissance d'un pouvoir inconnaissable derrière la chimie et la physique, mais limité par les lois de la chimie et de la physique, n'a d'égal que notre estimation de la chimie et de la physique. Nous ne pourrions que l'aborder comme Oh my Lord Chemistry ! Oh mon Seigneur la Physique !

Mais nous avons montré dans nos critiques précédentes que cette vision de l'évolution, qui traite de facteurs purement physiques, est inadéquate pour expliquer les histoires cosmiques. Nous avons critiqué négativement les tentatives de M. Spencer d'expliquer ainsi le développement biologique ; et nous avons indiqué la nécessité de supposer que d'autres facteurs supérieurs sont présents dans l'évolution biologique. Nous ne savons pas si M. Spencer le conteste : son œuvre est trop vague et incohérente pour nous permettre de dire précisément ce qu'il fait et ce qu'il n'enseigne pas. Mais l'admission de facteurs supplémentaires ne détruit pas la théorie de l'évolution. Darwin, Spencer et l'école moderne ont établi, sans contestation, le fait d'un développement ordonné dans le cosmos. Nous sommes donc obligés d'admettre à la fois l'évolution et la présence dans celle-ci, en ce qui concerne la biologie, et probablement aussi en ce qui concerne tous les changements antérieurs aux commencements de la vie, d'un facteur s'ajoutant aux facteurs chimiques et physiques. Nous ne connaissons pas la nature de ce facteur, et nous ne savons pas non plus comment, étant donné qu'il est en relation ordonnée avec les événements chimiques et physiques, sa loi doit être exprimée de manière à nous permettre de comprendre comment les organismes sont apparus et se sont développés. Ici, en effet, nous pouvons reconnaître un pouvoir, et un pouvoir impénétrable : mais dans la mesure où il est impénétrable, il gâche notre philosophie – nos systèmes d'explications – et se moque de nos formules.

Mais après tout, si nous parvenons à faire des actions intentionnelles des incidents dans un processus d'équilibrage, qu'avons-nous gagné ? Nous avons acquis une explication scientifique de toutes les actions intentionnelles ainsi que de toutes les actions des organismes en général. Ils se situent tous sur le même pied, c'est-à-dire qu'ils sont tous également explicables en tant que parties du processus universel. Ce sont tous des équilibrations égales, et donc justifiées dans leur ordre d'apparition. Ils se classent de la même manière comme des incidents dans une ligne de causalité explicable par la loi de l'équilibration.

Apparemment, tout cela est vrai. L'équilibration ne reconnaît aucune distinction quant à la qualité des actions. Cette distinction peut s'expliquer par l'équilibration, mais elle ne peut pas être justifiée par elle comme une loi de conduite future, pas plus que tout autre incident du cours de l'équilibration. Si certaines lois de la vie s'établissent, alors les équilibres mouvants capables de reconnaître ce fait doivent agir en conséquence : ils doivent s'adapter au milieu : mais cela n'empêche pas l'organisme d'adapter le milieu à lui-même, s'il le peut, en le modifiant ou en le modifiant. le surmonter – ce n'est qu'une question d'équilibre. La loi de la biologie lui permettra de faire face à un environnement défavorable de plusieurs manières, notamment par la conformité, par la fuite afin de préserver son individualité et en modifiant ou en surmontant l'environnement. Si les forces de l'environnement sont puissantes et omniprésentes, alors la conformité est la seule ressource. Ce n'est qu'une question de supériorité de force, et la conformité qui en résulte n'est qu'une question d'équilibre. Ce n'est pas que l'équilibre confère un caractère sacré ou une qualité particulière à certaines actions. La pression sociale contraint la pression individuelle – la coercition mutuelle de la société est l'équilibre – le résultat de cet équilibrage, quel qu'il soit, est une éthique variable. La reconnaissance de grands devoirs et de grands défauts, les faits d'approbation et de condamnation morales, les phénomènes d'une conscience privée et publique sont tous explicables comme des équilibrations : mais puisque tout ce qui est est une équilibration, ce n'est pas à partir des lois de l'équilibration que quelque chose peut se produire. une distinction ou une obligation morale établie peut être justifiée pour obtenir des conseils un seul jour à l'avance. Il n'y a pas d'universalité, ni dans le lieu ni dans le temps, dans l'éthique ainsi envisagée. La justification de l'Éthique du point de vue de l'évolution doit être recherchée sur d'autres bases que celle d'une équilibration cosmique.

Il est difficile de dire quel soutien la théorie de l'évolution apporte à l'éthique pratique. Selon elle, l'éthique est une histoire et une prédiction ; mais à défaut d'existence chez un individu (comme résultat d'une croissance) du sens moral dont l'évolution prétend rendre compte, la prédiction ne s'applique qu'aux générations futures ; et il est difficile de voir que l'Éthique pratique ait pour une telle personne une quelconque autorité intrinsèque. Et même si le sens moral et la pression sociale (qui sont respectivement l'autorité intrinsèque et l'autorité extrinsèque de l'éthique pratique) suffisent à eux seuls à imposer une conduite morale, alors la compréhension de la manière dont ils sont tous deux parvenus à posséder un tel pouvoir de commandement, ne leur confère aucune autorité supplémentaire, mais tend plutôt, à première vue, à nuire à leur prestige sacré. La confiance du philosophe est cependant bientôt rétablie lorsqu'il considère que, malgré l'échec de sa théorie à établir intellectuellement des contraintes morales, les grandes forces qui ont produit à la fois les autorités éthiques intrinsèques et extrinsèques sont toujours à l'œuvre et doivent davantage et plus encore. S'il s'agit là de croissances naturelles, le mouvement dans le cœur des hommes et dans l'organisation sociétale prévaudra toujours sur tout raisonnement à leur sujet. L'opposition et la réticence individuelles seront nivelées devant la puissance de l'avancée. L'individu doit obéir ou périr ; en fait, il doit lui-même changer et faire partie du pouvoir coercitif.

Ainsi, on constatera que l'appréhension exprimée par M. Spencer dans sa préface, quant à la perte d'un organisme de contrôle en raison du déclin et de la mort d'un système de régulation plus ancien, n'est pas satisfaite par la création d'un nouvel organisme de contrôle qui prend la place de celui-ci. de l'autorité abandonnée, mais peut être rencontré par le fait révélé dans l'évolution, que quelle que soit l'autorité que les hommes peuvent reconnaître, même s'ils n'en reconnaissent aucune, c'est quand même la même chose - ils font partie intégrante d'une croissance continue contre laquelle il est inutile de se rebeller. L'autorité morale est la conviction de l'inévitable. Ainsi l'évolution dissipe la crainte d'une anarchie morale en montrant la nécessité de l'existence d'un ordre moral présent et futur, assuré à la fois par une organisation sociale extrinsèque et par une prédominance non moins certaine de motivations intrinsèques. Ainsi, bien que l'évolution n'apporte que peu de force théorique supplémentaire à l'argumentation morale, elle montre le pouvoir de l'autorité éthique naturelle et déclare avec une efficacité convaincante : « magna est veritas et prævalebit ».

L'impératif moral s'avère d'une part extrinsèque à la pression sociale, et d'autre part intrinsèque à la sympathie altruiste. Ce sont les seules autorités compétentes pour dire : « Ainsi tu feras et ainsi tu ne feras pas ». L'évolution n'établit aucune moralité absolue. Elle est toujours relative au milieu environnant et diffère selon le stade de la civilisation. Plus la conduite se rapproche de la perfection relative, plus elle est véritablement idéale. L'idéal imaginé n'est pas aussi parfait que l'idéal relativement parfait. Selon qu'une nécessité est universelle, le degré d'application morale qui l'accompagne et le degré d'accord dans la reconnaissance de son caractère impératif le sont également. Le caractère sacré de la vie, la condamnation de ceux qui la violent, les éloges de ceux qui la promeuvent sont de première importance. La liberté, la propriété et d'autres éléments essentiels reçoivent un peu moins de reconnaissance ; et ainsi de suite jusqu'aux petits détails de la vie quotidienne. Le type d'impératif moral est le même partout, le degré d'application différant selon l'importance variable des actions.

Car ce point s'inscrit très bien dans la vision évolutionniste de la religion. Nous prenons comme texte à ce sujet le discours du professeur Fiske au banquet Spencer tenu à New York, le 9 novembre 1882, et publié depuis sous forme de tractette. [15]

Le professeur Fiske poursuit ici le plan erroné de M. Spencer consistant à généraliser toutes les religions et à considérer le contenu commun ou fondamental comme une véritable découverte, en plus de soutenir que les vérités fondamentales de la science sont identiques à cette délivrance finale de la religion. Ce n'est pas que l'argument du professeur Fiske soit mauvais, mais qu'il soit mal formulé. Si nous nous limitons au point de vue scientifique et disons que l'univers manifeste un développement ordonné ; qu'elle est probablement entièrement le résultat des relations de facteurs primordiaux ; mais que nous ne pouvons nous faire une idée adéquate de ceux-ci, bien qu'ils contiennent néanmoins sans aucun doute quelque chose d'éléments de nature subjective - alors nous ne transgressons pas le point de vue scientifique. Nous ne transgressons pas non plus lorsque, par induction de l'histoire de l'homme, nous affirmons que la loi du développement du subjectif va vers la sympathie altruiste, l'augmentation quantitative de la vie et l'harmonie ou l'équilibre social. La reconnaissance par M. Matthew Arnold d'« une puissance éternelle, et non nous-mêmes, qui crée la justice » est la plus proche possible de la vérité. La formule de M. Spencer devrait être « une puissance inconnaissable, et non nous-mêmes, qui contribue à l'équilibre ». La question se pose alors : le subjectif est-il un facteur dans un processus d'équilibration, et la droiture est-elle une équilibration subjective ? La question se pose également dans ce dernier cas : le « fait pour » ou le « fait pour » est-il une visée téléologique visant une fin, ou un processus entièrement déterminé par des facteurs antérieurs dont il n'est que le résultat ?

Il est difficile d'imaginer, dans un système d'évolution, même en admettant un facteur subjectif universel, le fonctionnement d'une activité téléologique telle qu'on l'entend ordinairement. Néanmoins, nous trouvons une faculté téléologique développée chez l'homme. Et même si nous acceptons la description de M. Matthew Arnold, la question se pose : la puissance éternelle a-t-elle une intention consciente de tendre vers la justice dès le début ou à tout moment ? Ou bien est-elle implicite dans les relations originelles du subjectif avec le chimique et le physique qu'elle établit à travers la biologie vers la droiture – la droiture n'est-elle qu'une autre expression d'une loi biologique achevée impliquée dans les relations originelles des atomes avec un facteur subjectif et relatif omniprésent ?

Et encore une fois, quelle est, d'un point de vue scientifique, notre relation personnelle avec ce pouvoir impénétrable qui donne la justice ? C'est ici qu'intervient le problème éthique tel qu'affecté par le religieux, et tous deux affectés par nos conceptions de l'évolution. Le professeur Fiske dit à propos des propositions reconnues par toutes les religions « selon lesquelles les hommes devraient faire certaines choses et devraient s'abstenir de faire certaines autres choses ; et que la raison pour laquelle certaines choses sont mauvaises à faire et d'autres sont bonnes à faire, réside dans certaines manière mystérieuse mais bien réelle liée à l'existence et à la nature de ce Pouvoir divin.

Le fait que la responsabilité personnelle envers le Pouvoir impénétrable appartient à l'essence de toutes les religions est une chose, et son établissement en tant que vérité scientifique en est une autre. Le fait de son existence et de son universalité est une présomption en sa faveur, mais n'est qu'une présomption. Qu'est-ce que la science a à dire ? C'est sur ce point que le professeur Fiske traite ensuite. Il dit que la science, après toutes ses recherches, découvre, dans ses recherches ultimes, non seulement des lois inexplicables dont elle peut calculer les effets bien que les lois elles-mêmes restent inexpliquées, mais aussi de longs processus qui ne sont pas explicables par les lois connues et qui seront probablement restent à jamais inexplicables. S'il ne le dit pas ainsi, nous présumons que c'est ce qu'il veut dire : car s'il veut seulement dire que toutes les histoires cosmiques sont explicables par des lois connues, ces lois étant elles-mêmes inexplicables, l'impénétrable ou Pouvoir Divin n'est qu'un antécédent aux lois cosmiques . histoires, et n'y est pas présent et n'affecte pas non plus l'avenir. Néanmoins, ce que le professeur Fiske a à dire sur les résultats de la recherche scientifique ne va pas grand-chose. "La doctrine de l'évolution affirme, comme la vérité la plus vaste et la plus profonde que l'étude de la nature puisse nous révéler, qu'il existe une puissance à laquelle aucune limite dans le temps ou dans l'espace n'est concevable, et que tous les phénomènes de l'univers, qu'ils soient Que ce soit ce que nous appelons des phénomènes matériels ou ce que nous appelons des phénomènes spirituels, sont des manifestations de cette Puissance infinie et éternelle. »

Mais cette vérité scientifique, dans sa simple énonciation, ne répond pas à la question de notre relation éthique avec la Puissance Inconnue. Ce n'est que lorsque nous étudions sa manifestation spirituelle ou subjective comme un développement ordonné que nous pouvons reconnaître un pouvoir envers lequel nous avons une obligation morale. La preuve scientifique de l'obligation morale envers le pouvoir insondable repose, non pas sur la reconnaissance du pouvoir dont le cosmos est une manifestation, ni sur le fait de son caractère impénétrable, mais sur la connaissance du facteur subjectif, de son histoire manifestée et de la nature de l'univers. inductions à tirer d'une étude de cette histoire dans les lois du fonctionnement de la sympathie altruiste, de la vie quantitative et de l'harmonie de la vie, comme déjà exposé. La conclusion du professeur Fiske constitue une bonne affirmation de cet établissement scientifique de la responsabilité personnelle envers le pouvoir divin et de la religion comme couronnement et sanction de l'éthique.

"Maintenant, la science a commencé à donner une réponse résolument affirmative à des questions comme celles-ci lorsqu'elle a commencé, avec M. Spencer, à expliquer les croyances morales et les sentiments moraux comme des produits de l'évolution. Car clairement, lorsque vous parlez d'une croyance morale ou d'un sentiment moral, En pensant qu'il s'agit d'un produit de l'évolution, vous insinuez que c'est quelque chose que l'univers a travaillé à produire à travers des âges incalculables, et vous lui attribuez une valeur proportionnelle à l'énorme effort qu'il a fallu pour le produire. , quand avec M. Spencer nous étudions les principes d'une vie juste comme partie intégrante de toute la doctrine du développement de la vie sur terre ; quand nous voyons qu'en dernière analyse, c'est le juste qui tend à accroître la plénitude de la vie. , et c'est un mal qui tend à porter atteinte à la plénitude de la vie - nous voyons alors que la distinction entre le bien et le mal est enracinée dans les fondements les plus profonds de l'univers ; nous voyons que les mêmes forces, subtiles, exquises et profondes, qui ont amené sur la scène les germes primitifs de la vie et les ont fait se déployer, qui, à travers d'innombrables âges de lutte et de mort, ont chéri la vie qui pouvait vivre plus parfaitement et détruit la vie qui ne pouvait que moins parfaitement vivre, et l'humanité, avec toutes ses les espoirs, les peurs et les aspirations, sont nés comme le couronnement de tout ce travail prodigieux - nous voyons que ces mêmes forces subtiles et exquises ont façonné dans les fibres mêmes de l'univers ces principes de vie juste qui sont les plus élevés de l'homme. fonction à mettre en pratique. La sanction théorique ainsi donnée à une vie juste est incomparablement la plus puissante qui ait jamais été assignée dans aucune philosophie de l'éthique. La responsabilité humaine devient plus stricte et solennelle que jamais, lorsque la puissance éternelle qui vit dans chaque événement de l'univers apparaît ainsi comme étant, au sens le plus profond possible, l'auteur de la loi morale qui doit guider nos vies et à laquelle elle obéit. est notre seule garantie du bonheur qui est incorruptible – que ni le malheur inévitable ni l'opprobre immérité ne pourront jamais nous enlever. »

Cela nous semble être la meilleure description jamais faite des résultats logiques de l'enquête sur l'évolution, lorsqu'elle est poussée jusqu'à son point le plus éloigné. Certains chercheurs s'arrêtent au point matérialiste, mais une logique irrésistible conduit le chercheur honnête et ouvert d'esprit au-delà de ce stade de la pensée, et il trouve dans la reconnaissance de l'existence du subjectif et dans l'histoire de son développement, une loi de Vie spirituelle. Il trouve une loi de relation chez les individus subjectifs qui induit l'établissement d'une vie quantitative dans l'augmentation du nombre de correspondances avec le monde extérieur tant dans le Temps que dans l'Espace, et qui induit également l'établissement d'un sentiment altruiste - un sentiment qui s'étend. à une compréhension plus ou moins grande de la grande vie du subjectif tout au long de l'histoire cosmique ; et dans cette reconnaissance, il trouve aussi un sens de responsabilité personnelle envers une Puissance qui exige de lui un abandon, afin qu'il puisse travailler vers son grand idéal et y trouver son bonheur. Ce qu'il peut y avoir de plus dans la religion naturelle dépasse la portée de notre présent volume, même si nous espérons traiter dans le futur ce sujet important. Notre vision actuelle se limite à l'examen de l'éthique et à la manière dont cette science est affectée par les récentes généralisations de l'histoire biologique. Certaines conclusions précises d'ordre religieux sont ressorties du résultat de nos études, et comme elles ont une portée éthique, il est nécessaire d'y faire référence ici.

Néanmoins, l'étude de l'évolution aide l'éthique, même si elle ne peut apporter aucun argument à ceux qui possèdent peu d'aspiration morale et ne peut rien ajouter à la force de la pression sociale. Son *point d'appui* réside dans l'existence chez la plupart des hommes d'aspirations morales. Grâce à eux, elle agira sur les individus de leur environnement, ainsi que sur les enseignants et les législateurs qui forment et guident la société. Il leur est révélé que leurs aspirations coïncident avec les tendances de la nature. Ils découvrent qu'ils suivent le courant et qu'ils font en fait partie du courant historique lui-même. Ils reconnaissent dans la société trois mouvements. Le premier est la croissance de l'altruisme ou de la sympathie. La seconde est l'élargissement de la vie quantitative. Le troisième est l'approche vers une harmonie ou un équilibre de la vie. La reconnaissance de ces vérités confère une foi plus profonde dans le progrès moral, donne une vision plus large et une interprétation plus intelligente et charitable de l'action humaine. Les philosophes, les enseignants et les hommes d'État, comprenant les mouvements de la société d'âge en âge et discernant le but vers lequel elle travaille inévitablement, peuvent lire plus intelligemment ses phases primaires et assister avec plus d'habileté dans son mouvement vers l'avant. La reconnaissance plus étendue du but social dans toute la société guidera et augmentera la pression sociale dans une direction correspondante, non seulement dans l'application appropriée des récompenses et des pénalités sociales, mais dans les inculcations éthiques et, finalement, dans les motivations intrinsèques héréditairement établies.

Les prophètes, fruit le plus mûr de l'évolution, ne manqueront pas non plus à l'avenir. Les âges produisent non seulement les résultats du travail mais aussi les voix religieuses. Il y a toujours des hommes qui expriment la pensée et les aspirations de leur temps. Se tenant à l'avant-garde de la race qui avance, ils font face aux mystérieuses ténèbres de l'avenir, éclairés uniquement par les lumières tirées du Pouvoir œuvrant à travers l'histoire subjective.

NOTE DE BAS DE PAGE:

[15] « Évolution et religion », par John Fiske, MA, LL.B. Londres : JC Foulger, The Modern Press, 1882. Prix Twopence.

CHAPITRE IX.
RÉSUMÉ.

Que l'on considère la Biologie comme un processus d'équilibrage de facteurs physiques dans un état d'équilibre mouvant (incluant dans cette formule le processus de reproduction et d'hérédité auquel se limite biologiquement parlant la vie d'une espèce), quelle explication d'équilibrage inclut un équilibrage des forces , ainsi qu'une équilibration des motifs, sur laquelle nos conceptions sont encore très indéfinies et vagues,) ou d'autre part considérer que les faits de la biologie nous obligent à inclure dans notre théorie explicative de l'équilibre mobile une équilibration des facteurs subjectifs avec chacun Dans l'autre cas, et avec les forces physiques concernées, il est clair dans les deux cas que la loi dominante de la biologie telle qu'exposée par M. Spencer est celle de l'équilibration.

La place à attribuer au But dans un processus d'équilibration n'est pas très claire. En premier lieu, si les explications biologiques sont toutes strictement limitées aux facteurs chimiques et physiques, il semble évident qu'il ne peut y avoir d'actions intentionnelles, puisque toutes les actions sont déterminées par les relations chimiques et mécaniques des molécules, des masses de molécules et masses organisées de molécules. Dire que ce que nous appelons les actions intentionnelles sont explicables par des lois physiques et mécaniques, c'est abolir le but et substituer la causalité physique. Le but peut-il, par quelque moyen que ce soit, être aligné dans une telle séquence ? Le problème est juste à considérer et à tenter. Nous n'y parvenons pas et nous pensons que tous ceux qui l'ont tenté ont échoué.

Mais si un facteur subjectif est admis dans le problème, il est alors nécessaire de comprendre de quelle manière il devient partie intégrante et de quelle manière il affecte un processus d'équilibrage de la part d'un équilibre mouvant dont il est un facteur. La nature particulière d'un équilibre biologique en mouvement, et ce qui le différencie d'un équilibre physique ou mécanique en mouvement, réside dans le fait qu'il tend, voire ne vise pas délibérément, à l'auto-permanence par l'assimilation de la force et du moi. - continuité par l'autoprotection contre les forces adverses de l'environnement. La coïncidence de l'élément subjectif avec cette tendance, dans de nombreux équilibres, suggère une connexion efficace. Pourtant, si nous ne comprenons pas la loi de la relation entre un facteur subjectif et les facteurs physiques et mécaniques, comment pouvons-nous comprendre le processus d'équilibrage qui en résulte et la nécessité de la loi biologique des adaptations pour l'auto-préservation et l'auto-protection ? Comment comprendre le But comme une équilibration ?

Pour que l'éthique soit affiliée au processus cosmique, nous devons comprendre comment des actions intentionnelles peuvent être ainsi affiliées, car l'éthique se rapporte aux actions intentionnelles. En cas d'échec d'une telle connexion logique, nous pouvons comprendre l'Éthique sur des bases partielles et limitées, mais nous ne la comprenons pas comme M. Spencer propose de la comprendre, c'est-à-dire comme faisant partie du processus cosmique.

Selon M. Spencer, nous sommes obligés d'accepter l'éthique comme faisant partie du processus d'équilibrage cosmique car c'est après tout la conception principale du grand travail de M. Spencer. La conception apparente et ostensible, et celle avec laquelle il a le plus réussi à impressionner l'esprit public, est le principe de l'évolution ou du développement graduel ; mais il ne faut pas perdre de vue que ce qu'il se proposait d'accomplir était une explication de l'évolution, et non simplement l'établissement de sa vérité historique. Cette explication est en termes d'équilibrage. Cette conception se situe derrière et au-dessus de la célèbre « Formule de l'évolution », et au moyen d'elle, la loi fantaisiste de l'équilibre mobile est posée comme principe directeur du changement et du développement biologiques, ainsi que des changements physiques proprement dits. La loi biologique, ou loi de l'équilibre en mouvement, règne en maître sur toutes les actions et tous les développements des organismes : et même si un facteur supplémentaire de subjectivité est présent comme l'une des forces qui s'équilibrent dans un équilibre en mouvement, il est néanmoins soumis à les lois de l'équilibration. On ne sait pas encore clairement comment la loi de l'équilibre, qui exige que toutes les forces arrivent à un état de repos le plus rapidement possible, peut être transformée en une loi biologique agissant dans le sens antagoniste de l'auto-préservation des forces. un ensemble de mouvements, et leur autoprotection contre une éventuelle cessation ou extinction, avec l'ajout de moyens de reproduction en vue d'une éventuelle cessation ou extinction. Mais ce sont ces actions biologiques, dont certaines sont intentionnelles, et d'autres peut-être pas consciemment intentionnelles, qui doivent être correctement démontrées comme faisant partie du processus cosmique d'équilibrage, avant les actions intentionnelles, et donc avant que l'Éthique puisse être expliquée sur la base d'un objectif cosmique. des principes.